地べたの戦争

記者に託された体験者の言葉

はじめに

風化していく戦争を、どうやって伝えていけばいいのか。

戦後75年の夏を前に、記者たちの葛藤から生まれたのが、戦争体験者の生々しい言葉をコンパクトな形で伝えるアイデアでした。

本書に収めた言葉は２０２０年、「戦後75年　言葉を刻む」のタイトルで西日本新聞に連載したものが主です。５月末から10月はじめまで計１００回。各地で戦争の記憶を報じてきた地方紙にも連携を呼び掛けたところ、岩手日報、山形新聞、福井新聞、京都新聞、山陰中央新報、徳島新聞、高知新聞、琉球新報の８紙が同じスタイルで記事を展開し、お互いに記事交換もしました。

毎夏、私たちは戦争体験者や家族、戦死者の遺族の悲しみ、嘆き、怒り、次の世代に伝えておきたいことを取材し、報じてきました。戦後50年や60年の節目には特集も展開しています。今回、30～40代の記者を中心とした取材班は議論を重ねました。戦争体験者に直接会い、生々しい話を聞く努力をこれからも愚直に続けていくのは当然だが、これまでと同じやり方では「夏だからまた戦争の話か」「気が重いからもういい」と敬遠する人も増えてくるかもしれない。

そこで、本紙の過去記事（アーカイブ）や、戦後70年の時に戦争体験を募った際に届いた読者からの手紙、過去の取材ノートから、印象に残る「言葉」を丁寧に選び抜き、イラストを添え、連載しました。


この本を手にしてくれた若い人や子どもたちへ伝えたいことがあります。

戦場、空襲、特攻、原爆、引き揚げ……。その背景にある出来事について、この本ではあえて説明を加えていません。いつ、どこで、何が起きて、どんな被害があったのか。大人や先生に聞いたり、図書館やインターネットで調べたり、戦争にまつわる資料館や祈念館を訪ねたりして、学びを深めてもらえるとうれしいです。

いまが、これからが戦後であり続け、いつか戦争のない世界を実現するには、何よりもあなたたちの力が必要です。

これまで私たちの取材に応じ、戦争の記憶を語っていただいた方々、書籍化に当たり装画とエッセーを寄せていただいた画家の野見山暁治さん、本企画に「平和・協同ジャーナリスト基金賞」奨励賞をくださった選考委員の方々、そして志を同じくし、それぞれの土地で戦争を記録し続けてきた8つの地方紙にお礼を申し上げます。ありがとうございました。

西日本新聞社会部

「言葉を刻む」デスク　塚崎謙太郎

2021年夏

地べたの戦争　記者に託された体験者の言葉◉目次

一、生活——戦中

彼は私の学校帰りを川の土手で待っていて声をかけてきました。

男子と口をきくと「不良少女」と言われた当時。
ある日、男子生徒からラブレターをもらった。
その後、帰り道で待ち受けていた男子に声をかけられた。

「やはり彼は不良学生じゃないか」。
不安を感じていると、
「さようならを言いたかった」と大声で言われた。
陸軍士官学校に入ることが決まったのだという。
終戦後、戦死を知った。
「同期や先輩が学業なかばで戦場の露と消えました。
戦争さえなかったら
私たちも違った人生だったかも知れません」
（戦後70年に当たり、福岡県粕屋町の85歳女性が西日本新聞に寄せた手紙から）

優しそうな人でいがった。この人ど一緒になるんだ。

山形市の黒山ソヨさんは１９４１年12月、兄の紹介で同じ山形県宮沢村（現尾花沢市）出身の岩次郎さんと結婚した。

夫とは翌年5月、山口県下関市で初対面した。
岩次郎さんは陸軍判任官として満州に派遣され、
開拓地の地図を製作していた。
満州に嫁ぎ、44年6月長女が誕生。
夫は娘を抱きかかえ家の周りを散歩した。
45年夏、日本側の命令で韓国・釜山（プサン）に向かい、
帰国船に乗り込んだ。
夫の消息は分からず、46年、戸籍から名前が消されていた。
（2013年山形新聞取材、黒山ソヨさん　88歳）

秋水は私の青春だった。

米沢工業専門学校（現山形大工学部）の学生だった
寺岡嵩さん＝山形県天童市＝は
1944年春に動員され、

国防の期待を背負った国内初のロケット戦闘機
「秋水」の製造に従事した。
日本飛行機が41年山形市に製作所を置き、
翌年に鉄砲町工場を開設。
海軍練習機の通称「赤とんぼ」を製造した。
45年6月に「秋水」初号機が完成。
寺岡さんの秋水は飛ぶことなく終戦を迎えた。
製作所一帯は米進駐軍が接収、後に分譲され、
住宅地に変わった。

（2014年山形新聞取材、寺岡嵩さん　90歳）

金次郎さんのおらっさん。

ある日、教室に入ると、みんなが騒いでいた。
校門へ走ると、
まきを背負って歩きながら本を読む二宮金次郎と、

鎧兜《よろいかぶと》に身を固めた楠木正成の銅像がなくなっていた。

先生は
「戦争には大砲も戦車もいるので、これを作るために銅像などもどんどん連れていかるっとよ。これを供出というのです」と話した。

そういえば、運動場の鉄棒も滑り台の鉄板もなくなっていた。

「戦争ってこんなものかな」と思ったという。

（戦後70年に当たり、佐賀県武雄市の81歳女性が西日本新聞に寄せた手記から）

疎開生活で、国や時代に翻弄《ほんろう》される「個」をまざまざと見せつけられてきた。

映画「男たちの大和／ＹＡＭＡＴＯ」に登場する少年兵は、現代にあてはめれば高校生。佐藤さんが山形県鶴岡市で過ごした年代と重なる。

戦争末期の空襲を避けるため、
１９４４年祖父を頼って同市に疎開、
玉音放送は鶴岡中学校（現鶴岡南高）で聴いた。
疎開時代に、国家総動員態勢の中での
個人の葛藤を描くことに興味を抱いた。
戦争の本当の姿、真実を伝えなければならないと思い続け、
戦争映画を多く手掛けた。

（２００８年山形新聞取材、映画監督の佐藤純弥さん　75歳）

泣き崩れる母の姿を見て、何と女々しいことかと思った。

兄の戦病死の報に触れて取り乱す母を、21歳だった三代シズカさんは軽蔑した。当時、流行した「軍国の母」の歌詞にあるように、名誉の戦死と喜ぶものと信じていた。
後に結婚して子をもうけたシズカさんは、
わが子が戦死したことを想像して背筋が寒くなったという。
「子どもが生まれて、初めて母の気持ちを理解できた。
私だったら気も狂わんばかりに泣き悲しんだだろう。
女々しい母だと軽蔑したことを本当にすまなく思った」
（2019年取材、大分県豊後大野市の三代シズカさん　95歳）

骨箱には葉っぱが入っちょっただけ。

14歳の時、女子挺身隊《ていしんたい》へ入隊を命じられたが、
父、西川朋之さんが
「女の子をやるのはむごい」と県庁に直訴したという。

直後に朋之さんが召集され、
１９４２年8月にニューギニアで米軍の銃撃を頭に受けて戦死した。
享年36。
「私を守ったばっかりに、父は戦地に行かされた」と悔やんだ。
戦後は祖母、母、２人の弟と力を合わせて生きてきた。
東京の全国戦没者追悼式に出席し、
「父がいてくれたら…と何度思ったことか。
でも、苦労したき強くなった」と語った。

（２００７年高知新聞取材、高知市の戸梶延子さん　79歳）

戦時中はどこの家でも兎《うさぎ》を飼っていた。毛皮を飛行服や飛行帽に縫い込むのだと聞いて、子供たちも餌やりや小屋掃除に精を出した。

家じゅうの金属も必需品以外は全て供出し、タンスの取っ手まで木製になった。疎開先では桑の皮を乾燥させて繊維にし、野山でワラビやゼンマイを取って干しては供出したという。摘んだ桑の実を食べながら「増産だ、供出だ」とはやし立てて遊んだ。「国家総動員体制に、何も分からない子供までもが否応《いや》なく組み込まれて戦争を後押しした」。

（戦後70年に当たり、福岡市の広瀬精二さんが76歳の時に西日本新聞に寄せた手紙から）

父は諫高《いさたか》に「どうかこの家にいたことは忘れるなよ」と告げた。

「諫高」は、飼っていた馬の名前。農作業をよく手伝い、家族の生活を支えてくれた。茶色の引き締まった体つきで、長兄が乗りこなす姿は見とれてしまうほどだった。長兄が出征した後の１９４３年ごろ、軍馬として徴用された。父親が「馬までも」と嘆いたことが忘れられないという。44年、長兄が南方で戦死したと通知を受けた。諫高の消息は分からないままだ。

（２０１７年取材、長崎県諫早市の池田オチホさん　86歳）

国内の治安維持より、兵役が優先された。父は悔しかったろう。

小倉警察署の刑事として昼夜関係なく容疑者を追い続けた父は、強盗殺人事件の捜査に当たっていた1943年、陸軍に召集された。「あと少しで逮捕できたのに」と同僚から聞かされた。同年末、みぞれが降る門司港で、フィリピンへ出征する父は「かあちゃんの言うことをよく聞け」と10歳の高木さんに言った。45年6月、投下爆弾破片創により戦死。刑事としての責務を果たせなかった父の後を継ぎ、福岡県警に就職、定年まで勤めた。

（2020年取材、福岡県太宰府市の高木計宝さん　87歳）

百姓が恋しくなりました。

山形県大蔵村の成沢潤子さんの父文雄さんは1937年に出征、潤子さんが生まれた年の翌43年に再召集され、西部ニューギニアで戦死した。終戦から10年後、たんすの中に、出征先から差し出された父の手紙を見つけた。「今は稲刈りも終《おわ》り取り入れに忙殺されて居る事でしょう」「お前も苦労しているだろう」「潤子は元気か。可愛《かわい》くなっただろう」…。3歳で終戦を迎え、記憶のなかった父の家族を思う心に触れた。

（2007年山形新聞取材、成沢潤子さん　65歳）

憧れだった空は戦時中、戦いの場となった。

旧制米沢興譲中の滑空部員だった梅津伊兵衛さんは、山形県米沢市の八幡原飛行場でグライダーの滑空訓練に明け暮れていた。風に乗るのが楽しい―との純粋な憧憬《しょうけい》は、次第に軍事色に染められていった。航空兵候補者を養成するため、軍の教官らが学生の訓練を指導するようになった。10代前半の飛行機少年たちの思いは、海軍飛行予科練習生、戦闘機乗りを目指す心へと変わっていった。梅津さんが戦後、飛行場に行くことはなくなった。

（2014年山形新聞取材、梅津伊兵衛さん　82歳）

新聞社にいても軍の本当の動きは分からなかったし、米国と戦争するなんて想像だにしなかった。

朝日新聞で国会担当記者だった１９４１年12月８日早朝、社からの電報で出社し、真珠湾攻撃と日米開戦を知る。その後、「負け戦を勝ち戦のように報じ続けて国民を裏切った」責任を取り、45年８月15日に退社。48年に秋田県横手市で週刊新聞「たいまつ」創刊。２０１６年に１０１歳で死去するまで評論活動を続けた。「戦争が始まってしまえば、新聞がいくら声を上げてもどうにもならない。戦争をやめさせようと思うなら、始めさせないことです」

（２０１５年取材、ジャーナリストむのたけじさん　１００歳）

どの写真を見ても、いつもお父さんが明子を抱いている。

山形市の斎藤愛子さんは、夫芳市さんと同じ職場で出会った。2人が婚約した1939年、芳市さんは出征。帰還後の42年に入籍し、翌年ひとり娘の明子さんを授かった。芳市さんは44年に2度目の召集を受けた。家族3人の生活は、あまりにも短いものだった。芳市さんは戦地に向かう列車の汽笛が鳴るまで、生後10カ月の娘を抱いて離さなかった。45年7月、フィリピンのルソン島で戦死。遺骨は戻らず、夫の死から16年後に墓を建てた。

（2017年山形新聞取材、斎藤愛子さん　99歳）

長井線の線路を見るたびに、線路をたどれば家に帰れると思った。

「魔女の宅急便」の作者角野栄子さんは小学4年の1944年秋、東京から山形県長井市に集団疎開した。長井駅前の旅館での集団生活は「遠足のような気分だった」というが、夜になると寂しさから泣いた。半年余りの疎開生活だったが、その後も長井とのつながりを大切にしている。執筆作業の中であの頃を思い出す。「小さい汽車」を描く際は毎日のように見つめた長井線が、主人公が山の中を歩く光景はつららを食べた里山が、脳裏に浮かぶ。

（2008年山形新聞取材、角野栄子さん　73歳）

子ども3人おったけん。両脚ある人に負けるつもりはなかった。

1942年1月17日、陸軍兵士として中国大陸の中部で戦闘に加わり、機関銃で左脚を撃たれた。手術で大腿《だいたい》部を切断され、人生終わった、と絶望した。4カ月後、東京の陸軍病院で渡された義足を付けると、歩くことができた。「これで普通に生活ができる」と確信を持ったという。兵役免除となり、終戦の年の45年に結婚。農業や山林業、漁業など次々と事業に挑戦した。「兵隊の時の苦労を思えば、戦後、できんことはなかった」。82年からは2期8年、町長も務めた。

（2012年高知新聞取材、高知県大月町の新谷重徳さん　92歳）

二、特攻

海軍省許可済 第11号(同)

その恰好《かっこう》の良さに
私たち学生も遠くから見ては
淡い恋心を
ときめかせたこともありました。

当時通っていた台湾の女学校の隣には、
特攻隊の拠点があった。

終日、エンジンやプロペラの音が聞こえていた。
真っ白いスカーフを巻いた隊員たちに、
小さな手作りのお守りをそっと手渡す女学生もいた。
「私も無器《ぶ》用ながら人形作りに挑戦したこともあった」。
戦況も隊員の覚悟も知らなかった。
「たんなる憧れに過ぎなかったこと、
今になってただただ申し訳なく思っています」

（戦後70年に当たり、北九州市の88歳女性が西日本新聞に寄せた手紙から）

お父さん、お母さん、姉さん、
決して決して
淋《さび》しがらないでください。
現代の青少年の生きる道に
私は生きています。

１９４４年11月28日、
海軍一等飛行兵曹の松尾巧さん＝鹿児島県出水町＝は
家族宛ての手紙にこう記した。
「立派にお国に尽くすことができる事を何より光栄と致します」。
当時18歳。
その後、フィリピン・ルソン島の基地に配属。
何度も出撃し翌年帰国するも、
45年４月７日、神風特別攻撃隊の一員として
宮崎航空基地から沖縄の米艦船に向けて飛び立った。
午後３時25分、
「今ヨリ必中セントス」「萬歳」と打電し敵艦に突入し戦死。
（２０１９年に西日本新聞に提供された松尾巧さんの手紙より）

「お父さん」と書くやつは
誰もおらん。
みんな「お母さんありがとう、
さようなら」だった。

海軍飛行予科練習生の卒業を控えた１９４４年、
航空機の不足を理由に突然、潜水艦に乗るよう命令された。

爆薬を積んで体当たりをする特殊潜航艇。
隊員たちは出撃前にあらかじめ、
骨箱に髪の毛と爪を入れ、神棚に置いていた。
終戦で出番は回ってこなかった。
出撃した戦友たちが乗った潜水艦の壁には、
母親に宛てた言葉が書かれていたという。
（2019年取材、北九州市の渡瀬卯二生《うじお》さん　92歳）

訓練前、上官に「これはお前らの棺おけじゃ」と言われた。

1944年冬、山口県にあった旧日本海軍の訓練基地に配属されて間もなく、不気味な黒い鉄の塊を目にした。

長さ10メートル超の魚雷を改造した1人乗りの潜水艇「回天」。
先端部に爆薬を搭載し、
搭乗員自らが操縦して
米軍の巡洋艦や駆逐艦に体当たりする兵器だ。
死を覚悟して厳しい訓練に日々臨んでいたが、
視力が急激に低下したため、広島県の呉海軍航空隊施設部に配転され、
出撃の機会はなかった。
「棺おけ」という言葉通り、多くの若者が回天と共に海に沈んだ。
（2015年徳島新聞取材、徳島市の佐藤明芳さん　86歳）

こんな物で戦えるか

爆薬を積んだベニヤ板製ボートで敵艦に体当たりする特攻艇「震洋」。その姿を初めて見たとき、怒りを覚えたという。

教官として、長崎県川棚町にあった訓練所で
約50人の指導に当たった。
「命を捨てるのは残された日本人が辱めを受けないためだ」
「僕たちもすぐに行く」と教え子を送り出したが、
自身は出撃待機中に終戦を迎えた。
戦後、実家のあった横浜から長崎県に移住。
「特攻殉国の碑」建立に関わり慰霊に努めた。
搭乗員や整備員ら
震洋に関連して亡くなった戦死者は２５００人を超える。
（２０１１年取材、長崎県西海市の西村金造さん　89歳）

あの心境は、行ったもんにしか分からんとさ。

太平洋戦争末期に開発された
旧海軍の艦上攻撃機「流星」の搭乗員だった。
首都防衛のため赴いた千葉県で

8月9日に敵艦への特攻作戦を命じられたが、機体の不調で不時着。

8月15日の予定だった次の出撃も玉音放送で中止に。

「もう死ぬと決めとったとに」と悔しさを感じた。

取材中も「おいは死に損なった」と何度も繰り返した。

生への執着や軍部への怒りはなかったかと尋ねても「そういう時代やった」と静かに話した。


（2014年取材、佐賀県多久市の富永進さん　88歳）

無です。
無になれるかどうかが
問われるんです。

海軍に入り、人間魚雷「回天」に志願した。
精神面で、
現世の欲望を断ち切る「死ぬ訓練」が求められた、と振り返る。

親兄弟や家族、自分への愛を捨て切れず、苦悩した。

命懸けの猛訓練で自然と死ぬ心構えが身に着いた。

「日本は負け続け、それをひっくり返すにはもう回天しかない、と」。

出撃命令を受けた時は
「ただ日本の国の行く末だけが心配」。

出撃直前に目の異常が分かり、メンバーから外れた。

戦後は「一度捨てた欲望を一つずつ拾う」ような人生だったという。

（1994年高知新聞取材、高知市の松岡俊吉さん　75歳）

案外あいつの占いは当たっていたんだなあ。

陸軍特別操縦見習士官1期生。
3度の特攻の出撃命令はいずれも中止に。
最後の命令は1945年8月14日、

熊本の菊池飛行場で「17日の沖縄特別総攻撃に参加せよ」。
翌日の玉音放送で「戦争に負けたと、おったまがった」。
同期のほとんどは戦死。
何で自分だけ生き残ったのかと、今も考える。
易が得意な同期が姓名判断で
「おまえは90歳まで生きる」と占ってくれたことがあった。
今も散歩中、空に飛行機雲を見つけると、
「『そろそろ、迎えに来てくれよ』と話し掛ける。
でも、『まだだめだ』ってあいつらから返ってくる」。

（2005年取材、福岡市の81歳男性）

肉薄攻撃兵器で命の保証はないが、これに乗るのはおまえたちが最適だ。

人間魚雷「回天」の完成を説明する上官の言葉という。飛行機乗りに憧れて海軍飛行予科練習生に志願。10カ月の訓練を終えて打診されたのが「新兵器」への搭乗だった。（1）熱望（2）志望（3）志望せず―の3択。熱望に二重丸を書いた。「エンジンを発動できるのは一度だけ。燃料も限られており、敵と遭わなくても海の真ん中で自爆のレバーを押すしかなかった」。出撃しないまま迎えた終戦。「特攻は映画や小説のような美しい話ではない。本当にむごい作戦だった」

（2015年取材、福岡県志免町の東努さん　89歳）

同期生は「腕を軍刀で切り落としてほしい」と懇願した。

1944年7月、富高海軍航空隊（宮崎県）に入隊。特攻隊になることを前提とした訓練で「貴様らは消耗品だ」と上官から言われ、「海軍精神注入棒」で尻を何度も強打された。耐えきれず、除隊されるために腕を切ってほしいと望んだ同期生。彼は数日後、事故か故意かは不明だが、トロッコにひかれ指4本を切断し、隊を去った。白い三角巾でつった腕とすがすがしい笑顔が忘れられないという。「死にたくない気持ちは皆持っていた。ただ、態度に表すすべがなかった」

（2019年取材、佐賀市の大渡行臣さん　93歳）

電気がビリビリいうて、脳天を突き抜ける感じよね。

旧日本海軍の飛行予科練習生（予科練）として「土浦航空隊」に入った。待っていたのは、厳しい訓練と激しい暴力の日々。上官が気に入らないことがあると、「精神注入棒」という体罰用具で尻をたたかれた。カシの棒で長さは野球のバットほど。尻は真っ青になり、血も出た。敬礼の仕方が悪い、話を聞くときに背中が曲がっていた—。班員同士で殴り合うよう命令もされた。「死への慣れというか、だんだん（死に）恐れを感じんなって。現人神《あらひとがみ》の天皇のために喜んで死んでいけると」

（2014年高知新聞取材、高知県佐川町の田村芳房さん　88歳）

青春そのもので、一番幸せな時期だった。

現在は農地が広がる長崎県諫早市の干拓地に戦時中、「長崎地方航空機乗員養成所」があった。民間のパイロット養成という名目で軍の操縦士育成を担ったとされる。在籍した約600人は10代。戦地に派遣された卒業生も多く、特攻で亡くなった者もいた。施設は新しく、食事や衣服、文具が支給され、月5円の小遣いも出た。厳しい指導や教官の暴力に泣く同僚もいたが「最高の生活をしているのに」と意外に感じた。「充実した最期を」と特攻を覚悟する中で終戦。悔しさのあまり、銃剣でそこら中を突き回った。

（2015年取材、長崎市の大田大穰さん　85歳）

これじゃあやられっぱなし。零戦クラスじゃないと話にならん。

1945年5月、日本統治下にあった台湾の特攻隊に配属された。実用機はすでになく、「赤とんぼ」と呼ばれた練習機をあてがわれ、がくぜんとしたという。出撃前に別の部隊に転属となり、そのまま終戦を迎えた。赤とんぼの特攻隊を率いた同期生は、沖縄の米駆逐艦に突入して戦死した。米軍の最新鋭のレーダーでは、速度が遅く布張り木製の練習機を正確に捉えることができなかったとされる。

（2020年取材、宮崎市の庭月野英樹さん　94歳）

無駄死にしてほしくはなかった

太平洋戦争末期、爆弾を積んだ飛行機で敵艦に体当たりする「特攻隊」が次々と出撃した。整備兵として前線の航空基地に配属され、機体の点検や修理の任務に当たっていた。上官の指導は厳しかったが、やりがいはあった。特攻機の使命は敵艦に命中することだけ。帰還は想定せず、貴重な燃料は片道分しか入れてはいけなかった。そんな軍の方針に逆らって、出撃前の整備で担当した機体の燃料をこっそり満タンにし、途中で故障しても戻ってこられるようにした。

（２０１５年徳島新聞取材、徳島県吉野川市の小原久男さん　88歳）

三、空襲

広く真赤に燃えてきれいね。

夜、空襲を受ける長崎県佐世保市の方向を眺めて
思わず「きれいね」と言ってしまうほど幼かった戦時中。
終戦後は、友だちと遊んでいる最中でも、

アメリカ人の姿が見えると走って隠れた。
やがて、学校帰りに
チョコレートをもらうのが楽しみになったと振り返る。
１９４５年６月28日深夜から29日未明にかけて、
米軍爆撃機Ｂ29が１４１機飛来し、焼夷《しょうい》弾を投下。
約１万２千戸が全焼、
１２４２人が犠牲となった。

（戦後70年に当たり、長崎県西海市の76歳女性が西日本新聞に寄せた手紙から）

モノクロの世界で炭の塊だけが生き物のように赤々と燃えていた。

岩手県の小川誠也さんは太平洋戦争末期、１９４５年の艦砲射撃で自宅が全焼した。当時17歳。

目にしたのは焼け野原と化した釜石のまちだった。
終戦は疎開先で迎えたが、
戦禍を逃れたはずの妹は栄養失調で亡くなった。
働きながら写真を撮り始め、
ファインダーを通して釜石の歴史を見つめ続けた。
結婚し、子どもにも恵まれたが、
温かい日常は2011年の東日本大震災で一変。
家族と自宅を奪った。
だが、失意のどん底からはい上がらせてくれたのは
必死に生きようとする周囲の人と写真だった。
「津波と戦争を生き抜いた自分がその姿を後世に残したい」

（2015年岩手日報取材、小川誠也さん　86歳）

花火みたいにきれいと言われゆうけんど、その下におるんじゃき。

1945年7月4日未明、
米軍のB29爆撃機が大量の焼夷《しょうい》弾を投下し、
高知市中心部を焼き尽くした。

当時、高坂高等女学校4年生の16歳。
一緒に下宿生活をしていた姉と防空壕《ごう》へ駆け込んだ。
降りそそぐ焼夷弾―。
火の粉や爆弾の破片が壕に入ってきた。
もんぺに付いた火を、手で払いのけた。
外へ出た兵隊に焼夷弾が直撃し、火だるまになったという。
煙を吸わないよう、地面に口をくっつけ、息をした。
「熱い、苦しい」。
姉に体を抱かれながら、気を失った。
（2014年高知新聞取材、高知県佐川町の久川千代子さん　85歳）

カラスが飛び回りよると思った。

戦時中、日本本土を襲った米爆撃機B29。
「超空の要塞《ようさい》」といわれた巨大な機体に比べ、
日本軍の戦闘機はあまりに小さかった。

1945年5月7日、
大分県上空でB29を迎え撃つ紫電改の部隊を、
10歳だった新名さんは真っ黒なカラスと見間違えた。
この戦闘で1機のB29が墜落し、
搭乗員11人のうち10人が死亡。
生き残った1人は憲兵隊に連れられていった。
村の女性たちは
「こげなやつが息子を殺したんじゃ」と石を投げ、
棒でたたいていたという。

（2020年取材、大分県臼杵市の新名正一さん　85歳）

Ｂ29の大きさより、エンジンから1滴の油も漏れていないことに驚いた。

１９４４年11月21日、ゼロ戦による体当たりを受けた米軍の爆撃機Ｂ29が諫早市沖の有明海に墜落。

双方の乗員は全員が死亡した。
引き揚げ作業に加わり、
間近で見るB29の機体から米国の技術力を痛感し、
「とても太刀打ちできる国ではない」と思った。
「鬼畜米英」であるはずの米兵の遺体を見ても、
不思議と憎しみを感じなかった。
異国の地で命を落としたという哀れみが勝ったのだという。
（2015年取材、長崎県諫早市の森春義さん　86歳）

見事なもん。
ほんと、なんっちゃ無かった。
涙も出なんだ。

1945年7月4日未明の高知大空襲で、
高知市大津乙の田辺島地区にあった自宅は全焼した。
当時6歳。

焼夷弾《しょうい》が降り注ぐ中、
2歳の弟を背負った母と、いったん近くの防空壕《ごう》に逃げ込んだ。
その後、火の手の上がっていない対岸の布師田まで木造船で避難。
振り返ると自宅が燃えていた。
朝まで幅1メートルほどの用水路に、
胸まで水に漬かりながら、身を潜めた。
翌5日に田辺島に戻ると、焼け跡に、
熱でぐにゃぐにゃになった一升瓶が1本、転がっていた。

（2013年高知新聞取材、高知市の徳弘和衛さん　74歳）

幼い私には、何のために
そこに人間の形をしたものが
たくさんころがっているのか、
理解できなかった。

1945年7月19日未明、
福井空襲で福井市上空は深紅に塗りつぶされた。

その下では、阿鼻叫喚《あびきょうかん》の炎熱地獄が現出されていた。
翌日、焼け跡を訪れた私たちの目に映ったものは、
くすぶり続ける廃虚の瓦礫《がれき》の街と、
路上には血に染まった、あるいは黒こげになった遺骸《いがい》が
丸太ん棒のようにころがっていたのが、
強烈な印象として残っている。
幼い私（当時3歳）には、
何のためにそこに
人間の形をしたものがたくさんころがっているのか、
理解できなかった。

（2005年福井新聞に投稿、福井県坂井市の尾川重峻《しげたか》さん　63歳）

今でも
赤くうれたグミの木を見ると
心が痛みます

「花火のシュルシュルと言う音を聞いても思い出す、
あの焼夷《しょうい》弾の降ってくる音」
1945年6月19日夜、

空襲警報のサイレンと早鐘、焼夷弾が落ちる音で目が覚めた。
水にぬらした布団をかぶり、
家族や近所の人たちと山中に逃げた。
最後尾にいた友人の姉が直撃を受けて亡くなったと聞き、
庭先のグミの枝を折って供えた。
福岡市史によると、
福岡大空襲の死者は902人、
負傷者1078人。
行方不明者は244人に上った。
（戦後70年に当たり、福岡県久山町の82歳女性が西日本新聞に寄せた手紙から）

軍人が民間の壕に逃げ込むほどの戦局なのか

高橋浅十さんが東根国民学校高等科2年だった1945年、山形県東根市は空襲を受けた。同年8月9日は午前中に計3回の攻撃があった。空襲に備え、海軍は同市の若木山に計16の軍用、住民用の防空壕を整備。サイレンで住民用に逃げ込むと、兵士の姿があった。機銃音と爆弾の投下音が響き、攻撃は1時間ほど続いた。戦局は日本有利と聞かされていたが、敵機を攻撃する味方の機影はなかった。その6日後、玉音放送を聴いた。

（2014年山形新聞取材、山形県東根市の高橋浅十さん　82歳）

腹ばいになって目を閉じ耳を押さえ、口は少し開けておけ

庄司君子さんの家族は、祖父の代に明治村（現山形市）からサイパンに渡り、サトウキビ生産農場を営んでいた。1944年6月に空襲が始まった。無数の爆弾が投下され、上陸した車両からの機銃掃射、艦砲射撃が襲ってきた。裏山の鍾乳洞に逃げ込み、父に言われた通りの態勢で身を潜めた。鍾乳洞に吹き込む爆風で体が浮き上がり、眼球や内臓が飛び出しそうに感じ、金属音のような耳鳴りが続いた。乳飲み子の妹はこの時に亡くなった。

（2015年山形新聞取材、山形市の庄司君子さん　79歳）

6千メートルを超えると操縦桿《かん》を引いても、プスプスと音がするだけ。上昇しなかった。

東京・調布の陸軍飛行戦隊で首都防空に当たった。高度1万メートルで侵入する米爆撃機B29に対し、性能面で劣る飛燕など陸軍の戦闘機では、なすすべがなかった。日本軍は機関砲などを機体から外し、軽量化することで技術力の差を埋めようとした。飛行技術が未熟で実戦での搭乗を許されなかった川原さんは、B29を目がけて体当たりを敢行する隊長たちの姿を地上から見守った。

（2012年取材、長崎市の川原竹一さん　84歳）

わが身かわいさに、助けてあげられなかったことを悔いている。

福井空襲の恐怖は脳裏にいまだに焼きついている。防空壕《ごう》から表に出ると一面火の海、学生寮がめりめりと音を立て燃え落ちた。燃えさかる路地を抜け、足羽川の堤防に出た。数十発の焼夷《しょうい》弾が音を立て何度も落ちてくる。直撃を受け倒れる人を飛び越えて必死に逃げた。逃げる格好で黒こげとなった犠牲者を横目に通り抜け、顔面血だらけになり救いを求めている少女が目に入った。あの時、わが身かわいさに、助けてあげられなかったことを悔いている。

（2005年福井新聞に投稿、福井県敦賀市の柴田亮俊さん　76歳）

焦熱地獄。熱くて熱くて、とにかくのどが渇いた。B29はなかなか帰らなかった。

1945年7月19日、米軍爆撃機B29が福井市街地を襲った。焼夷《しょうい》弾が雨のように落ち、火の中にいた。どうしようもなく、溝の血が混じった水を手ですくって口をゆすいだり、飲んだりして生き延びた。自宅の小さな穴に釜ごと入れてあった米と水は、焼夷弾の油が混じっていたが、空腹でがむしゃらに食べた。向かいの酒店の樽《たる》に、焦げて残っていたみそを水で溶かして飲んだ。お互いを殺し合うのが戦争。B29は人を殺しにきた。子どもも女性もお年寄りも関係ない。

（2015年福井新聞取材、福井市の藤井キミさん　87歳）

逃げ場がなくなり、福井城址のお堀に飛び込んだ。周囲は火の海。水につかっていない顔に熱風が吹き付けた。

１９４５年７月19日の夜。防空壕《ごう》の隙間から、空を埋め尽くすほどのＢ29が低空飛行で南から北へ向かっていった。不気味な重低音は今も耳から離れない。爆弾投下が始まると、逃げ場がなくなり福井城址《じょうし》のお堀に飛び込んだ。熱風が吹き付け「熱い、熱い」と叫んだ。夜明けにお堀から出ると、今度は寒さで体が震えた。焼け石のようになったコンクリートの壁で暖をとった。大勢の人が溺れ死に、ふくれあがった死体がトラックに積まれ、運ばれていくのを目にした。

（２０１５年福井新聞取材、福井市の八木繁太郎さん　81歳）

戦争に安全な場所はなかった。

1945年7月25日、徳島県吉野川市美郷（旧東山村）に米軍機から爆弾が数発投下された。全国各地で空襲が相次いでいた太平洋戦争末期とはいえ、標的になるような軍施設のない山間部の小さな村。時折、米軍機が上空を通り過ぎて空襲警報が鳴るだけで、戦災は都市部の話だと思っていたという。ところが、その日は実際に爆弾が落ち、爆風で飛ばされた岩石や金属片が農作業中の子どもらに直撃した。10人以上が負傷したほか、全壊した家屋も。大戦下の村で最初で最後の惨事となった。

（2017年徳島新聞取材、徳島県吉野川市の上野喜典さん　89歳）

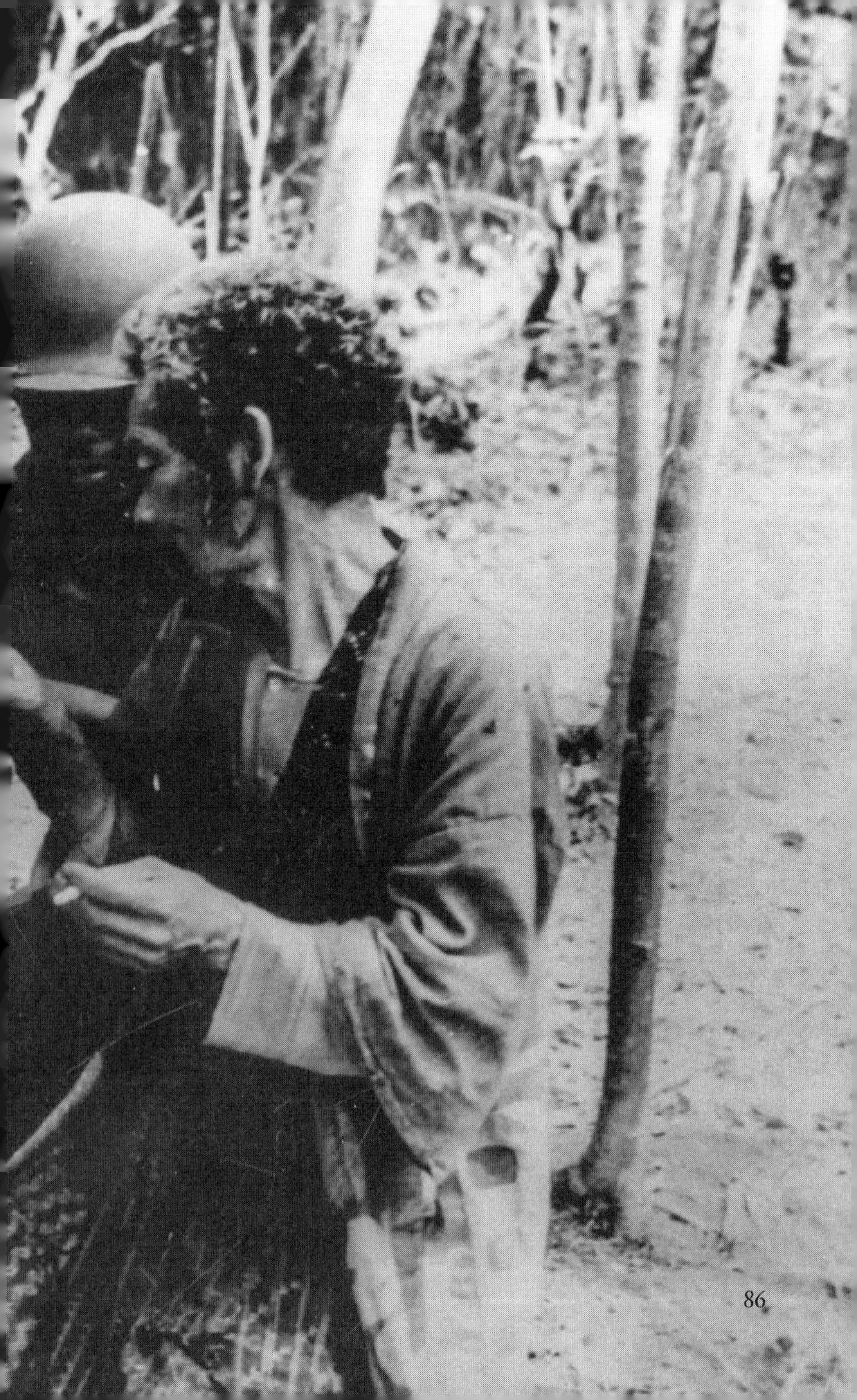

四、沖縄

開聞岳が見えてくると一安心した。

零戦のパイロットとして各地で多くの戦闘を経験。
１９４５年４月からは
数回にわたって沖縄に出撃した。

激しい空戦が終わると2時間かけて鹿児島まで帰投。
見慣れた風景、開聞岳が目に入ると、心が休まったという。
特攻隊員にも選ばれたが、
愛機に乗り込んで出撃しようとしたタイミングで
命令が変更されて「一瞬ほっとした」。
（戦後70年に当たり、福岡県糸島市の91歳男性が西日本新聞に寄せた手記から）

今でも夢に見らあや、玉城や渡辺を。

1945年4月、「水上特攻」を命令され沖縄へ向かう駆逐艦「涼月《すずつき》」に乗っていた。鹿児島沖で米軍機の爆撃を受けた。

任務は「甲板整理」。
遺体を海に流す役割だった。
戦艦「大和」が沈没するのを間近で目撃した。
沖縄出身の玉城と愛媛出身の渡辺は、
出撃前に家族に送る写真を一緒に撮った戦友だった。
渡辺は「爆弾が落ちて、体がどこに飛んだか分からん」。
九州で再会した玉城は頭が焼け、鼻もない。
「なぜおらを（海に）流してくれなかった?」と
泣いて責められた。
その後の消息は分からないという。
（2015年高知新聞取材、高知県黒潮町の武政福一さん　90歳）

母は遺骨もない墓に向かって
「出てきておくれ」と
泣きついていたが、
兄は出てきてくれなかった。

京都市の岩崎三之利さんの兄・治三郎さんは
1944年8月、中国から転戦し、沖縄戦の最前線に配置された。

翌年4月20日、浦添市の伊祖高地で戦死。
23歳の若さだった。
しばらくして兄の戦死公報が家に届く。
線香を立てて拝んでいた母の背中が今でも忘れられない。
終戦後、沖縄を慰霊で訪れ、手を合わせると涙がこぼれた。
「兄のことを考えると今でも胸が詰まる。
きっと帰りたかったんだろう」
（2017年京都新聞、岩崎三之利さん　83歳）

沖縄県民斯《か》ク戦ヘリ　県民ニ対シ後世特別ノ御高配ヲ賜《たまわ》ランコトヲ

沖縄戦で海軍の現地司令官を務めた大田実が玉砕を覚悟し、自決直前の１９４５年６月６日に海軍次官に宛てた電文の言葉。激しい攻撃にさらされながらも国のために尽くした県民に「御高配ヲ」と打電した。戦時中、鉄血勤皇隊に動員された故大田昌秀・元沖縄県知事は２０１５年、90歳の時に西日本新聞で「当時の県民がいかに苦労したか、軍幹部で表現したのは大田司令官しかいない。電文は県民の胸に今も残り、大事にされている」と語り、『特別の御高配』を沖縄が受けていると思えない」とも指摘した。

死体を踏みつけて逃げ、死体の山に隠れた。

沖縄本島南部を逃げ惑う中、米軍の艦砲射撃の砲弾が目前でさく裂した。気づくと母の体が覆いかぶさっていた。左胸がえぐられ即死。近くにいた祖父の息もなかった。当時7歳。「怖いと思う暇もなかった」。泥にまみれて戦場を生き延び、戦後は孤児院を転々。子どもたちは食糧難で痩せ細り「一緒に遊んでいた子が翌朝いなくなっていた」。拾い集めたたばこの吸い殻を巻き直して売り、食いつないだ。今は平和の願いを込めて俳句を詠む。「沖縄戦を生き抜いた人間の役目だ」

（2020年取材、那覇市の嘉陽宗伸さん　82歳）

軍国教育の優等生でした。

沖縄師範学校女子部本科1年生の時に「ひめゆり学徒隊」として沖縄陸軍病院に動員された。教員候補として県内の優秀な学生が集められた学校。国と天皇のために命を惜しまないという皇民化教育の影響を強く受けた「優等生」として、「戦争は正義の戦い」と信じていた。日本軍の組織的戦闘が終わったとされる6月23日以降も逃げ続け、終戦の8月15日、米軍が打ち上げた祝砲を「友軍の特攻機が来たと喜んだ」。戦後、ひめゆり平和祈念資料館設立に尽力し、経験を語り続けた。

（2019年取材、那覇市の仲里正子さん　92歳）

しばらく見つめたまま動けなかった。

14歳だった1941年、艦艇建造の中心地として有名な軍事施設である旧呉海軍工廠（広島県）に入廠した。名だたる艦艇を目にしていたが、特に存在感を放っていたのが世界最大級の戦艦「大和」。全長263メートル、基準排水量6万5千トン、射程40キロを超える口径46センチの主砲を搭載するなど、圧倒的な迫力に衝撃を受けた。乗船の経験はないが、日本の造船技術を結集させた戦艦だとひしひしと感じた。しかし、その大和は太平洋戦争末期の45年4月、沖縄へ向かう途中に米軍機の猛攻を受けて沈没した。「なんぼ大和が優秀でも無謀な作戦だった」。

（2020年徳島新聞取材、徳島県鳴門市の笹田薫さん　93歳）

かえるを串刺しにして焼き、塩をふって食べた。

1945年4月に米軍が沖縄本島に上陸し、家族と山中を逃げ惑った。母はマラリアで動けず、食べる物もなくなった。4歳の弟は栄養失調になり、痩せているのにおなかが膨れ始めていた。焼いたかえるを前に「汚い、怖い」と嫌がる弟。「死ぬよ」と脅して食べさせた。「おいしい」と喜び、かえるを探すようになった弟の姿を見てうれしかったという。トンボやセミも捕まえて生き延びた。

（2017年取材、沖縄県大宜味村の平良啓子さん　82歳）

ひもじかったさ。でも毒が入ってると疑ってた。

沖縄県糸満市の長嶺繁子さんは、山形城跡に本営を置いた陸軍歩兵第32連隊「霞城連隊」の炊事補助で徴用された。自宅から連隊の調理場に通ったが、1945年米軍が沖縄に上陸。連隊本部が置かれた糸満市内の壕《ごう》に4カ月以上潜み、にぎり飯を作り続けた。同年6月に米軍の毒ガス攻撃を受け、一緒に炊事を手伝った女性が亡くなった。武装解除前日、壕の出口で待ち構えている米軍にあめ玉やチョコレートを勧められたが、警戒して手を付けなかった。

（2011年山形新聞取材、長嶺繁子さん　82歳）

内地では伝えられていないこと。

沖縄県糸満市の国吉の丘に１９６５年、沖縄に散った山形県人らを慰霊する「山形の塔」が建立された。戦後、各都道府県は山形県と同様、戦没者の慰霊塔を建てた。財団は各都道府県や女学生の看護部隊などの塔、碑を管理してきた。財団は２０１１年に戦没者遺骨収集情報センターを設立。沖縄戦では、日本側だけで約18万人が亡くなったとされ、設立当時は２千〜３千柱が未収集とみられていたが、多くの国民はその状況を知らない。

（２０１１年山形新聞取材、沖縄県平和祈念財団事務局長の上原兼治さん）

学校で「沖縄人」と言われてからかわれました。

1944年、沖縄から県外への学童集団疎開が始まった。熊本県小国町へ疎開し、現地の国民学校に通った。毎日「沖縄に帰りたいと思い、寂しくてひもじくて、牛や馬にやるメリケン（小麦粉）のかすを買ってきて団子にして食べていた」。沖縄から着の身着のまま来たので、防寒着もなかった。霜が降りた麦畑で麦踏みもした。熊本にいる間、沖縄の情報は何も分からなかった。親やきょうだいが生きているのかも分からず、数年間、熊本県で過ごした。

鹿児島から船で沖縄に戻れることになり、沖縄で母と姉が迎えに来ていたのを見て「初めて母たちが生きていたことが分かり、抱きついて泣きました」

（2017年琉球新報取材、沖縄県南城市の大城ミヨさん　83歳）

道中は死体だらけ。兵隊より住民の方が多く、五体満足な死体はなかった。

沖縄防衛を指揮する第32軍司令部に出向し、首里城地下の壕《ごう》内で印刷事務を担当していた。だが、戦線は悪化し、所属した元部隊も激戦でほぼ壊滅。南部への撤退は死の道だった。軍の指揮系統はなく、ばらばらの後退。サトウキビ畑の合間を走り、米軍機の機銃から逃れた。途中の壕では「住民を追い出す兵も見た」。民間人の犠牲の多さが目に焼き付く。約3カ月間、摩文仁の海岸に隠れたが、傷を負い、食糧は尽き、「もう戦う気は誰もなかった」。1945年8月26日、敗戦を知らぬまま、米軍に白い布を振った。

（2017年京都新聞取材、滋賀県大津市の木本勇さん　95歳）

これからはおおっぴらに方言がしゃべれる、それがうれしかった。

沖縄初の芥川賞作家である大城立裕さん。沖縄県で育った子どもも時代は、方言弾圧が強く、「大和」の言葉を押しつけられた。上海の東亜同文書院大に留学中に敗戦を迎え、大学閉鎖のため中退。一時熊本に身を寄せた後の１９４６年11月に古里に戻った。その引き揚げ船で、琉球の言葉を自由に使えることに対するうれしさがこみ上げてきたという。明治に近代日本国家に組み入れられた沖縄は、戦後の米軍統治をへて、日本に復帰した。「同化と異化のはざま」は大城さん生涯のテーマになった。

（２０１９年取材、那覇市の大城立裕さん。翌年95歳で逝去）

記者の想い

本書に掲載した多くの言葉は、戦争体験者を取材した新聞記事から抜き出したものである。記者がこれまで書いてきた多くの記事の中から一つを選び、さらにその中から一つの言葉を選りすぐった。なぜその記事なのか。なぜその言葉なのか。福岡市の産婦人科医、東野利夫さんの言葉を紹介した西日本新聞社会部の下崎千加記者に、その裏側にある想いを聞いた。

戦後75年 言葉を刻む 99

まだぬくもりのある頭を押さえたときの、あの感触は、今も消えない（福岡市、東野利夫さん）

熊本、大分県境に墜落したB29搭乗員8人に実験手術をして死なせ、軍事裁判で医師ら23人が有罪判決を受けた「九大生体解剖事件」の生き証人。旧九州帝国大入学直後の１９４５年５月、解剖実習室で軍監視の下、麻酔で眠った米兵の肺を外科医が摘出するのを見た。ポキとあばら骨を折る音、輸液瓶の冷たさ、標本を作るため触った遺体の感触。戦後、産婦人科医として大勢の誕生に立ち会う一方、命を奪う行為に加担した過去の記憶にさいなまれ、事件を調べて79年に本にした。「戦争は人の心を狂わせる」と94歳の今も訴え続けている。

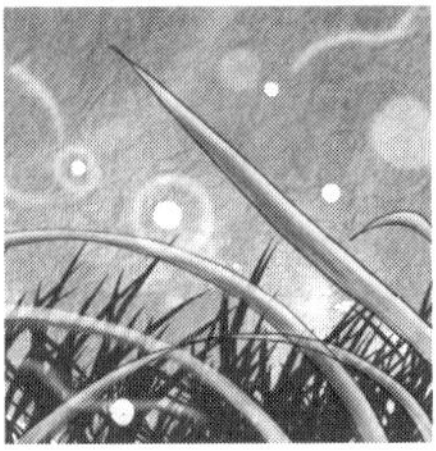

（2020年10月8日 掲載）

「悲惨な光景を見た人はいる。ただ、手の感触を覚えている人はあまり多くないのではないか。医療者ならではの体験だと思ったから」

下崎記者はこの言葉を選んだ理由をそう説明する。出会いは２０１４年。九州大学医学部が開設を予定していた資料館で、太平洋戦争末期の「生体解剖事件」についての資料を展示することを伝える記事を書くために連絡をとった。

前身の九州帝国大医学部で起きた事件は、遠藤周作（１９２３〜96）の小説「海と毒薬」のモデルにもなった。医学生だった東野さんは実験と知らされないまま米国人捕虜の手術と解剖を手伝うことになった。戦後、訴追は免れたものの罪の意識は消えず、関係者の証言や裁判記録を集め「汚名『九大生体解剖事件』の真相」（79年）を刊行した。

最初は医院の応接室で、徐々に自宅の書斎で話をしてもらえるようになった。口数の多い方ではない。そんな東野さんを長く取材を続ける中、「あの感触は、今も消えない」と何度も口にした。「眼球を摘出するために頭を押さえたという状況が衝撃的だった」。そう振り返る下崎記者は、15年の戦後70年企画で「狂気のメス」と題した連載を4回にわたって執筆。その初回で東野さんを大きく取り上げた。

次ページから連載初回の記事を全文掲載する。

捕虜の遺体 感触今も　医学生の苦悩消えず
「命を救う医者がなぜ…」

70年前と同じ青空が広がった5月5日、大分県竹田市の山中で慰霊祭が開かれた。米爆撃機B29が墜落した地。「殉空之碑」には死亡した米兵11人の名が刻まれている。うち8人は遠い別の場所で命を落とした。狂気のメスによって。

事情を知る人物が慰霊祭の会場にいた。福岡市の医師、東野利夫さん（89）。「解剖実習室で血の付いた床を流したときの何とも言えん気持ちは、今も忘れられんとです」。事件は1945年5月17日に起きた。

九州帝国大医学専門部（福岡市）に入って間もないころだった。教授の手伝いで解剖学教室に詰めていると、目隠しをされた白人2人が護衛兵に抱えられ、実習室へ入っていった。

気になってのぞくと、麻酔で眠る一人が解剖台に横たわり、白衣姿の約10人に囲まれていた。陸軍将校が説明する。「この捕虜は無差別爆撃をやったB29の搭乗員である。傷は落下傘で降りてきたときに村民から猟銃でやられたものだ」

メスで肩から胸にかけて切開された。ポキポキという音とともにあばら骨が切り取られていく。赤紫の臓器が取り出された。「人間は片肺でも生きられる」。執刀医の声が聞こえた。中座して戻ると息絶えていた。

もう一人の手術が始まり「君、手伝ってくれ」と透明の液が入った輸液瓶を持たされた。この捕虜には傷が見当たらない。それでもメスの動きにためらいはなかった。胸の上下動がしばらくして止まった。

遺体が並ぶ中、バケツの水で床の血を洗い流した。上級生が「貴重だからな」と遺体から標本を採取し始めた。眼球摘出のため、頭を押さえさせられた。

5日後にも2人の手術に立ち会った。最初から治療する気などなかったのではないか…。疑念が確信に変わったのは、自分が不在の間にも4人の手術があり、全員が火葬されたと知らされたときだった。あれから70年。東野さんは両手を開いて眺め、苦しそうにつぶやいた。

「まだぬくもりのある頭を押さえたときの、あの感触は、今も消えない」

東野さんは、1948年の軍事裁判で証言台に立った。その中で、手術中に持たされた輸液瓶の中身が博多湾の海水だと知る。本土決戦で負傷者が多数出ることを想定した「代用血液」開発実験だったのだ。

自身は罪を問われず、60年に産婦人科医として開業した。命の誕生に立ち会う一方、命を奪う行為に加担した過去に苦しんだ。眠れず、心療内科に通った。「命を救う医者がなぜ、あんな残酷なことをしたのか」。答えを見つけなければ苦悩から逃れられない。裁判資料を読み、刑期を終えた元教授に話を聞くなどして真相を調べ始めた。

74年には事件の始まりを探ろうと、大分県竹田市と周辺を訪ね歩いた。B29の墜落場所に行き着き、土地の所有者である工藤文夫さんに会う。「本当にかわいそうなことをした」と言われたときは、自分と同じ傷を負っていると感じた。

墜落場所の周辺には、日本軍機に体当たりを受け、搭乗員12人が落下傘で降下した。1人は墜落死、1人は拳銃自殺、1人は住民に猟銃で射殺された。捕縛された9人が福岡市の西部軍管区司令部に移され、機長をのぞく8人が生体解剖の犠牲となったとされる。

工藤さんの三女、田口トシ子さん（81）＝大分市＝はあの日を覚えている。当時11歳。国民学校の防空壕でドーンという音を聞いた。帰宅中、右肩に被弾した搭乗員が戸板に寝かされているのを見た。別の1人を、竹やりを構えた住民が囲んでいた。１００人以上いて「あだ討ちじゃ」と殺気立っていた。後日、1セント硬貨を拾った。「後で返してやろうと取っておいたけど、そんな日は来ませんでした」

戦後、連合国軍総司令部（ＧＨＱ）の捜査の手は山村にまで伸びた。竹田市と熊本県阿蘇郡で数百人が取り調べを受け、射殺や暴行、遺体に石を投げたりした事実が明らかになった。加害の記憶がのどかな山村に影を落とし、九大事件と同様、誰も語らなくなった。

そこに現れたのが東野さんだった。工藤さんと資金を出し合い、墜落跡地に石碑を建てた。77年から慰霊祭を毎年開き、91年に工藤さんが90歳で亡くなってからは長男の勝昭さん（78）が引き継いできた。

70年がたち、戦争の記憶は遠のいていく。「竹田の皆さんが忘れずにいてくれる。ここに来ると救われます」と東野さん。一方で思う。ひとたび戦争になれば人の心を憎悪が支配する。九大事件の首謀者とされ、逮捕直後に自殺した第1外科教授は医学界のエリートだった。

「私だったら断れたか…。自信はない」。東野さんの自問は続く。（下崎千加）

（2015年6月21日朝刊掲載）

下崎記者は思い出す。あばら骨を切り取る時のポキポキという音、解剖実習室で血の付いた床を洗い流したときの気持ち…。当時のことを振り返る東野さんは時折声を大きくし、感情を表に出した。言葉を一つだけに絞る作業は難しかった。迷った末に選んだのが、「まだぬくもりのある頭を押さえたときの、あの感触は、今も消えない」だった。

21年4月、東野さんは95歳で逝去した。亡くなる3週間ほど前、東野さんの著書を読んで「感動した」と自宅を訪れた大分県の高校生と、ベッドに座り1時間ほど向き合ったという。人間を狂わせた戦争というものを後世に伝える姿勢は最後まで変わらなかった。

「1度書いたから終わりではない。まだ知らない人がいるかぎり、このような話は何度も取り上げないといけない。それは自分が忘れないためでもあるかもしれない」

下崎記者は今こう思っている。

五、九州日報、西日本新聞戦時版

宣戰の大詔を拜す

戰ふべき運命の下におかれたものの戰はねばならぬ日は遂に到來した。八日畏くも渙發せられた大詔は米國及び英國に對して宣戰のやむなきに至れる所以を中外に宣明し給ひ、陸海將兵は全力を奮つて交戰に從事し百僚有司は勵精職務を奉行し衆庶は各々其の本分を盡し億兆一心國家の總力を擧げて征戰の目的を達成するに遺算なきを期せよとの恐懼すべき詔勅を拜したのである。

世界の平和は脅々としてその永遠なる確立を企圖し正義に則り公道を重んじ萬邦その處を得億兆その生を安んぜんことはわが帝國の揺がぬ理念國是であり、また建國以來國民の間に一貫する不拔の精神であつた偶々滿洲支那兩事變を契機として新東亞の建設に邁進するわが國策の遂行も專らその精神を世界平和の確立に發し、多大の犧牲を顧みず重畳する萬難を排し其間一片の私念野望を抱かず飽迄正義人道に立脚して只管聖業の達成を念とし俯仰して寸毫も天地に愧ずるところがなかつたそれにも拘らず殊更に我帝國の眞意を曲解し事毎に帝國の意圖を non 誣し終始帝國の正當なる行動を妨害して憚からない敵性國家群の亡狀は今や帝國をして隱忍せんとして隱忍するを許さず、帝國の權威を保持しその生存を自衞する必要上決然起つて敵性國家群に對する正義の戰を餘儀なくするに至つたのである、既に宣戰の大詔を拜した以上は徹底的に敵を擊破粉碎して輝かしい最後の勝利を占むる以外に精鋭無比の陸海空將兵あり、作戰機を制し宜しきに協ひ敵をして無謀の挑戰を悔ゆるの日あらしめるは一點疑ひを容れないものがあると同時に國民上下よく心を一にし力を竭せて銃後の守を固うし生活の苦痛を忍ぶの要あるは論を俟たない、殊に敵國として砲火の間に相まみゆるに至つた英米兩國は水陸至る所に富基資源を擁して物資財力の豐富なるを誇りとして之によつて世界制覇の野望を抱き武力の戰ひよりも寧ろ經濟の戰ひによつて我が帝國を屈伏せしめんとする意圖の顯著なるものがあり、それだけ長期戰に對する覺悟と銃後國民の堅忍持久を要求するものがある、武力戰に經濟戰に必勝の信念を有する帝國は於ても又必勝の信念を以て新たなる敵國に臨むところがなければならない。

宣戰の大詔を拜すると同時に發せられた帝國政府の聲明及び日米交渉の經過顚末にも帝國政府は太平洋の平和を維持しもつて全人類に戰禍の波及するを防止せんことを顧念し、帝國の存在と東亞の安定とに對する脅威の激甚なるもに拘らず、隱忍自重八ケ月の久しきに亙り米國との間に外交々渉を重ね米國と其背後にある英國竝に之等諸國に付和する諸邦の反省を求め帝國の生存と權威の許す限り互讓の精神を以て事態の平和解決に努め盡すべきを盡しなすべきをなしたとあり帝國の英米兩國に對する宣戰が隱忍の上にも隱忍し自重の上にも自重を敢へてしたるは最早釋說の要なく世界の平和を攪亂して戰禍を極東に波及せしめた責任の當然英米兩國に歸すべくまた人類福祉を損傷して憚らない國家が英米兩國外ならないのは今にして火を睹るより明な事實といはねばならぬ。

矢は弦を放れ骰子は投げられた、帝國の興廢東亞の興亡はまさしく懸つてこの

畏し宣戰を御奉告
けふ特に宮中三殿臨時大祭

敵太平洋艦隊殆ど全滅
我無敵海軍赫々の戰果

わが無敵海軍の精鋭は開戰忽ち世界戰史未曾有の洋上作戰を敢行、ハワイの…アメリカ太平洋艦隊の…二隻を血祭りにあげ同四隻を大破、また大巡四隻を大破し緒戰においてアメリカ太平洋艦隊の主力に潰滅的致命傷を與へた、…ウエスト・ヴアジニア號、オクラホマ號…萬トン巡洋艦大隻に減じ航空母艦は僅か一隻になつてしまひ、…

敵基地ウェーク島を占領

【ヴエノスアイレス本社特電】（八日發）ワシントン來電によれば八日午後ウエーク島は日本軍の占領するところとなつた

比島で百機擊墜
わが損害僅か二機

大本營陸海軍部發表（八日午後九時）帝國陸海軍航空部隊は本八日緊密なる協力の下に比島敵航空兵力並に重要飛行場を急襲し、イバにおいて四十機、クラーク、フイールドにおいて五十機乃至六十機を擊墜せり、我が方損害二機

早くも敵艦四隻擊沈

【大本營海軍部發表】（八日午後八時四十五分）【一】本八日早朝帝國海軍航空部隊により決行せられたるハワイ空襲において現在までに判明せる戰果左の如し、戰艦二隻擊沈、戰艦四隻大破、大型巡洋艦約四隻大破（以上確實）他に敵飛行機多數を擊墜破せり、我が飛行機の損害は輕微なり【二】わが潛水艦はホノルル沖において航空母艦一隻を擊沈せるものの如きも未だ確實ならず【三】本八日早朝グアム島空襲において軍艦ペンギンを擊沈せり【四】本日敵國商船を捕獲せるもの數隻【五】本日同作戰においてわが艦艇に損害なし

【サイゴン本社特電】（八日發）…

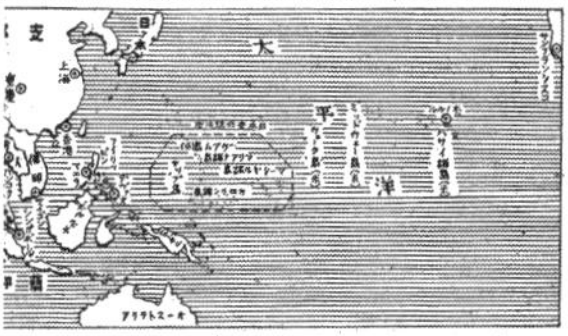

陸海軍に勅語を賜ふ

陸海軍奉答文

堂々アメリカ兵營に入る皇軍部隊
（北京電送）

香港方面封鎖

【上海本社特電】（八日發）…

國內樞要地域に防空實施を開始

內務省發表

廣東租界接收

北部佛印に保護措置

西安を猛爆

【北支○○基地にて】（八日發）…

グワム島大火

ハワイの米兵爆死者百四名

英米領事館の國務執行停止

在米邦人逮捕を開始

米輸送船擊沈

重慶狼狽

この小さな、心遣《つか》ひは、
鋼鐵と、モーターの唸《うな》りの中の
一滴の香水《かうすい》です。

西日本新聞の特派員だった漫画家長谷川町子さんは、
１９４４年夏、
九州飛行機など戦時工場を取材したルポルタージュ

「マンガ工場巡礼」を6回連載した。
挺身隊の女性たちが金属板にドリルで穴を開ける作業場を見学。
その隅にコップに挿した一輪のキキョウの花を見つけ、
冒頭の言葉をつづった。
連載では毎回、戦後にスタートした
マンガ「サザエさん」を彷彿とさせるイラストが添えられている。

マンガ工場巡禮 ①

本誌特派員 長谷川町子

狙ふは敗戦思想

必ずくるアノ手コノ手

敵の謀略宣傳

米撒布の實物宣傳

國民座右銘

加藤武雄

人を知るに努めよ、これ己を知るの階梯なり

五月二十五日

いずやりかわ

明說の品部械機

軍艦から工作機械まで用途廣い歯車

いまごろは

空襲と飲料水

生産文藝

田中辰江選

聯珠

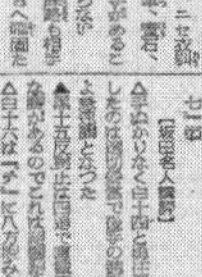

決戦組

麻生豊

花吹雪

小島政二郎 作
田代光 繪

マンガ工場巡禮 ①

本社特派員　長谷川町子

緑の畦道を不本意ながらバッタや蛙を驚かして歩く事しばし、辿り着いたのは光と影と青空の中にクッキリ浮き上つた日本ゴム○○工場、大きな玄關の脇のものものしい受附の目、この防諜關所ばかりは武藏坊辨慶君といへど、何十遍『勸進帳』を復習つても許可なしでは通過出來ないでせう

現はれた應接室に恐る〳〵靴を通しると折よく工場長御在社で『こちらへ』と中へ導《みちび》かれ勇ましい軍國歌謡が流れて來るお晝過ぎの和かなひととき『松平晃ですね』と趣味の豐なところを御披露に及ぶと『いゝえ、あれは工員さんでございます』さう云へば成程、伴奏がついてゐません、われこそと思はん勇士なら誰でも擴聲器の前に立つて歌つてよいのださうです、なかなか良い聲です、お點をつけてあげませう、まづ八十點

『ヤアいらつしやい』と工場長の登場、たつた今空襲警報が解除されたといつたキビキビした身支度、上衣の胸をそつと拝見『鶴田』と書いてあります鶴《つる》田さんの後に從つて工場拝見丁度猛獣の檻に入れられたやうな八方見透しのきくエレベーターでチフス患者の體温計の樣にグングン昇りまして降されたところが可憐な少女挺身隊の作業場でした、どれもまだオカツパのよく似《に》合ふ人たちばかり、ところが近づいてみるとなかなか可憐でないのに二度びつくり致しました

皆《みな》さんは老練な職人が調理臺の向ふ側でおすしを握るのを見た事がありませう、また蠅のやうに子供をまはりにたからせながら、飴屋のをぢさんがハサミ一つを頼りに見る見るしんこ細工で猫や兎を作つてゆくのを見た事がありますか、つまりあれです、トントン打つ、ガラガラ縫《ぬ》ふサッサッサッ掃く、ペタペタつける目にもとまらぬ早技で、みるみる學童の靴の山が出來てゆきます、新しい靴をはいてニコニコ顔のヨイコの顔が目に見えるやうです。

だことによるものなることはいふまでもない、そして敵國が企圖する謀略の手としてニセ新聞、ニセ刊行物、ニセ紙幣を發行して國を混亂せしめることや、ニセ衣切符、爆藥仕掛の萬年筆、寶石箱、人形をもつてする手があることを警戒しなければならないしかし、いくら巧妙な謀略も相によりけりで、こちらさへ確固る必勝の信念さへ持つてをればあへて恐るゝにたらないものだ

ゆるがぬ心の門 ⑥

肇國より皇室尊崇の念

敵の謀略宣傳

歐米各國は日本に對してかなる謀略の手を用するかを觀察すれば、特に生活の不安、不幸を誇り、戰爭の前途を失はせることに重點をおくであらうことは想像へられる、そして之れは戰局と國民生活の困難に乘ずるもので大きい。[illegible]

[illegible]

め、「誇らしめる」であるとにはれる、これが即ちドイツの弱點を知らうとせず、ただ敵の思はとしてあるが、それは最も當然の戰爭で、「敵」の弱點であり、この點こそ全力を擧げるための肇國の精神以外にない。われわれはまたこれに學ぶべきものがなければならぬ（をはり）

マンガ工場巡禮 ⑦

本社特派員　長谷川町子

トントンガラガラ槌の音

日本ゴム○○工場

[illegible]

國民座右銘

勇斷なき人は事を爲すこと能はず

加藤武雄

七月二十八日

[illegible]

食中毒の豫防

煮ても消えぬ腐敗

[illegible]

決戦組 ㊂

麻生豊

將棋

名人指導棋譜角落

[illegible]

花吹雪《はなふぶき》 (67)

小島政二郎作　田代光繪

抜擧（八）

[illegible]

も恢て恐れることはないのだ

○○通兵　鈴木　佳風

何ぞ侮む奇しき力ぞ若きらをいざ

マンガ工場巡禮 ②

本社特派員　長谷川　町子

トントンガラガラ槌の音

日本ゴム○○工場

熟練の恐ろしさを今更のやうに感じながら、時の移るのを忘れて見とれてゐましたですから工場長さんが忙しいにらした時はお母さんにせきたてられて、曲藝師の離れ技に未練さうに見きりをつける子供のやうな心持でしたどの部屋もどの部屋も戰爭になくてはならぬ大事なものばかり、それが殆ど少女の細い手で寸秒を爭ひ、脇目もふらず造られてゆくのです、ふと壁を見上げると『怪我するな君にたのむぞ國の腕』といふ標語が目につきました。

私は見學して行く内に氣が重くなつてしまひました、何も心臓脚氣を持つてゐるといふのではありません、この非常時下に自分ばかりかうして見學して歩いてゐるのが大變無駄な時をつひやしてゐるやうに思へて來たのです、自分も金槌を握り一緒にトンくカラく中に加はりたくなつたのです。

もしや萬が一、つぶやき令嬢《れいぢやう》や、有閑夫人がゐたとしたら良藥の効能書ではないが、だまされたと思つてこの雰圍氣を一ぺんお試《ため》し下さい。

『近ごろは女の子が泣かなくなりましたねー、これも時代の一つの現はれですね、昔は必ず二、三人泣いてゐるのを見かけたものですが』鶴田さんは實に良いところを見ておいでになると、いたく同感支那の人が『女子と小人は養ひ難し』と斷言しました、少女は生憎そのどちらにも掛つてゐます、便箋を集めたり、フランス人形をいじつたりするほかに用のない連中でした、それが今では大國難の一端を、その細い肩にしつかりと荷つてゐるではありませんか、それは試煉《しれん》です、少女を醇化させたもの、いつかその試煉《しれん》に打勝つて、明るい世界が展がりますやうに、さうです、いつか展けます、では日本ゴム○○工場のみなさん、さようなら。

マンガ工場巡禮

ドリルの潮騒に漂ふ

鐘ヶ淵〇〇工場

本社特派員　長谷川町子

室内の方が安全

年寄や妊婦にまかせる

空襲下乳兒の保護

國民座右銘

心を節操に存し、思を忠孝に存す　加藤明成

七月二十九日

決戦組　麻生豊

十圓札

空地利用　馬鈴薯の芽出し

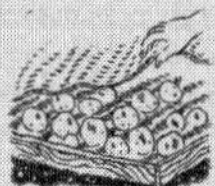

花吹雪（68）

小島政二郎 作　田代光 繪

マンガ工場巡禮 ③

ドリルの潮騒に漂ふ

鐘ヶ淵〇〇工場

本社特派員　長谷川町子

綠《みどり》の蔦《つた》の着物のよく似《に》合ふ赤煉瓦《れんぐわ》の建物は鐘《かね》ヶ淵《ふち》〇〇工場。出ておいでになつたのは白の開襟《えり》シャツのよく似《に》合ふ寺本工場長。斯様かくくしかじかですからと工場見學を申出ますと『そいつはいゝ〳〵賛成！』と、贔屓《ひい》の力士が土俵に現れた瞬間の三階席のやうな、甚だ威勢《ゐせい》のいゝ御返事と一緒に案内の方を呼んで下さいました。涼しい聲と共に現はれたのは髪にゆはへた細いリボンのよく似《に》合ふ挺身隊のお孃さん。

二人で連れだつて、工場に續く廊下を行きます。この方は脊の高い方です。私が闇夜に漂ふ舟とすれば、この方は、それを照らす燈臺です。廣い工場を迷ひ兒にならないやうに、しつかり〳〵つけて行きませう。

『私はまだ入社したばかりで御案内なぞしたことがありませんから』と、この方は大變きまり惡さうです。女の子が、はにかむには是非とも、ハンカチーフか袂が必要でした。しかるに只今は決戰下であり、この方は生憎とそのどちらも持合はせてゐらつしやられなかつたので、兩手を蝶のやうに結つたり、腕を大根のやうにつてみたり。

このまゝ廊下が續けば、まだいろいろと婦人勞務服第一號で、はにかむ工夫をなさつたのでせうが、われわれは遂に、工場の入口に來てしまひました。

キリリと締めた揃ひの白鉢巻が鮮かであります。話聲一つしません。この室で縱横を振舞つてゐるのはドリルの唸りばかりです。第一歩を入れるや、私もクリーニングしたばかりのカラーのやうにピンと氣が張ります。

『この部屋ではドリルで孔を穿ける作業ばかりやつてをります』といふ說明。見渡すところ、なるほど様々な形をした部分品の山はどれを見ても御飯蒸の底のやうに、孔が澤山空いてゐます。ふと、私は作業場の隅に、コップに挿した一輪の桔梗を見つけました。

この小さな、心遣ひは、鋼鐵と、モーターの唸りの中の一滴の香水です。この香水は騒々しい機械のあふりを喰つて、ふるへてをります。（つゞく）

室内の方が安全

ツ日本の家屋の構造からしても、
ドイツのやうに安全な待避所は得

ことにする、その中に[illegible]として
[illegible]ける女子青年を數人配置しておけ

空地　馬鈴薯の芽

第一二
△白八
で後手
かりの
▲黒九
出ない
いので
方法と
纖化の
家の北
らぬ家
個の目
ものが
ひます
芽出床

空襲下乳児の保護

少量の砂糖湯も用意

九大教授醫博　遠城寺宗徳

マンガ工場巡禮

本社特派員　長谷川町子

すみれ室や百合の室

鐘ヶ淵〇〇工場

國民座右銘

加藤清正

心天《しんてん》に翔《かけ》り地に入り候とも正路《せいろ》を失《うしな》ふまじく候

七月三十日

額か禿か

映画

水谷の円熟した演技がよい

—評—『小太刀を使ふ女』

決戦組

麻生豊

生活文化

田中紫江選

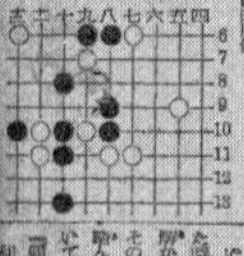

聯珠

花吹雪《はなふぶき》（69）

小島政二郎作　田代光繪

掠奪（十）

マンガ工場巡禮④

本社特派員　長谷川町子

すみれの室や百合の室

鐘ヶ淵〇〇工場

次の室《へや》では一部分の組立作業をやつてゐられます。大島からの挺《てい》身隊と伺《うかゞ》ひました。遠《とほ》くからほんとうに御苦勞様《くらうさま》です。

孔あけは、男子工員より女の方が上手だといふお話でした。飛行機製《せい》作は、殆《ほと》んどこの孔あけ作業のやうなものださうです。ですから一ツ一ツ女の手で心を込めて作り上げた飛行機《き》は、これこそ荒鷲《わし》たちの千人針《ばり》ですね。南方の大空を天翔ける千人針《ばり》の武運長久を祈《いの》りませう。

『では寮《れう》の方へ御案内致しませう』と導《みちび》かれて行つた所は、二階廊下《らうか》が光線《くわうせん》のやうに真直《ちよう》に流れたお寺のやうな寮《れう》でありました。

澤《たく》山の防火用バケツが下駄箱《たな》の上で観兵式を擧行してをります。

こゝで靴を脱ぎます。

『すみれの室《へや》』とか『百合の室《へや》』とか、佳人、麗人ばかり住まつてゐさうな優美な名前のお部屋はまた、どれもどれも今日が大掃《さう》除の検査日といつた整頓《せいとん》振です。

私は自分の机の引出しの中を思ひ出して内緒《しよ》で、こつそり赤面しました。

押入は全部襖《ふすま》をとつて半分程《ほど》明けはなしてあつて、清潔《けつ》な夜具類《るゐ》がのぞいてゐます『かうやつておくと一石二鳥ですよ、風通しがよくて、中のものがいつも清潔《けつ》ですし、また整頓《せいとん》をよくしますからね』といふお話に、なる程《ほど》と感歎詞《かんたんし》を放つ。此處ではバケツの向ふを張つて、綿頭巾《ずきん》が、絣《かすり》の展覧會《てんらんくわい》を繰《く》ひろげてをります。

ひとつお二階の大廣間《ま》を覗《のぞ》いてみませう。正面の床の間にはお花が活けてあつて、部屋の片隅《すみ》を裁物臺《だい》やミシンが占領《りやう》してゐます。

此處で一日の奮闘《とう》を満足に終了《れう》した乙女たちが、白鉢巻《はちまき》と一緒《しよ》に、雄《を》々しい部分を脱ぎすてて、大いにしとやかな方面に榮養《やう》をかけるのです。お花に、お茶に、又お裁《さい》縫《ほう》に。

毎日が戰《たゝか》ひの生活《くわつ》であるだけに、私はちよいちよい大和猛雄《を》のやうな女性《せい》を見かけることがあります。

女性《せい》は何處までも大和撫子であり床しさを失はないで行きたいものですでは鐘ヶ淵《ふち》よりサヨナラ。

繃帶三〇、頭巾《きん》一、ケープ一、手拭《ぬぐひ》又はハンカチ二、ちり紙、玩具《ぐ》五本、砂糖《たう》十瓦（一%サッカリン液《えき》）乳製品《にうせいひん》、鰹切大豆粒《つぶ》若干《かん》を入

決戦組　麻生豊

母さんの科學

不確實なさじ加減
子供の消化不良の因

醫學博士 内藤壽太郎

安全な非常食糧の貯藏

死ない液體の毒物菌

國民座右銘

大變に遭うては、數實踊躍して勇み進むべきなり

八月一日

マンガ工場巡禮 ⑤

長谷川町子

飛行機や飛行機や ゝあ

九州飛行機工場

空地利用

茄子の更新

生産文藝

決戦組

麻生豊

聯珠

花吹雪(71)

小島政二郎作　田代光繪

追跡(一)

マンガ工場巡禮 ⑤

飛行機や 飛行機や あゝ 飛行機や

九州飛行機工場

本社特派員 長谷川町子

運動會でも呼物の川中島は殿を承るし寄席では大抵最後三遊亭金馬か、大島伯鶴で『お鬪りはこちら』になるやうであります。

私も亦、有終の美を『九州飛行機』に求めることに致しませう。これまで行脚《あんぎや》した工場がハンドバッグとするならば、これだけ大規模な工場を併呑《へいどん》する九州飛行機は大型トランクといふところ。

大鑑物払りのいゝ小富士さんと仰つしやる方が御案内の勞《らう》をとつて下さいます。十一月ごろの松茸《まつたけ》山のやうに、ニヨキニヨキと敷限りなく工場が建並んで、その中を巾《はゞ》廣の道が、幾《いく》つも交叉をつくつてゐます。

けたゝましく驅《か》け拔《ぬ》けて行くトラツクに、周章《あわ》てゝ道を譲《ゆづ》りながら私は、國防色一式の工員さんの中にまじると、まるで保護色の蛙の やうにぢき見失つてしまふ防空服の小富士さんを甚《はなは》だ心細《こゝろぼそ》く追ひかけてゆきました。

ある作業場の前を通りますと、殆《ほと》んど完成した、海鷲《うみわし》か、兩の翼を工場一パイに擴《ひろ》げて悠然《いうぜん》と坐つてゐます。さしもに廣《ひろ》い工場も、三坪《つぼ》ほどの小庭に招魂社の石燈籠を移《うつ》したやうに窮屈にみえます。

數ある中に私どもが見學した所は女子ばかりの工場。綠色の頭巾は女子從業員。白鉢巻《はちまき》は女學生挺身《ていしん》隊。ズラリと立掛《たてか》けた飛行機の片翼《かたよく》に、仕上のお化粧《けしやう》を塗《ぬ》るところです。

昔々、平敦盛は、薄化粧《うすげしやう》で出陣し ました。木村長門守は兜に香を焚きました。武士の嗜みであります。

青空にはゞたいた時・壯麗《さうれい》であるやうに、せいぜい美しく仕上げて下さい。

日の丸を赤ペンキで叮嚀にたどつてゐる人。翼《つばさ》を茶と綠に染わけてゐる人。白一色に刷いてゐる人。玉の汗を浮かべて默々と一心不亂《ふらん》に刷毛先が動いて行きます。（つゞく）

統制經濟を念頭に

● 足らせる工夫に努力

さすが配給所は鮨詰

九州飛行機工場

マンガ工場巡禮

長谷川町子

國民座右銘

まことの外に術策なし

夏野菜は

茄子は古根を切る

山本　實

決戦組

麻生豊

花吹雪

小島政二郎作

田代光繪

マンガ工場巡禮 ⑥

本誌特派員 長谷川町子

さすが配給所は鮨詰

九州飛行機工場

「今度は配給所を見せませうね」と、私は他の建物の中に連れて行かれました。お店に並んだ品々は、クリーム、テンカ粉の化粧品から留ピン、鋏、切手、飴の袋、靴、帽子、乾バナナ、鍋、薬罐、履物、それにお客様は鮨詰です。乾バナナの召上りたい方は九州飛行機にお勤めなさい。男女合せて十人ほどの所員さんが、向ふ鉢巻の大奮闘です。お芝居なら満員御禮の看板を出す所でせう。

若い従業員のお客様が電車の停留所のやうな長蛇の列を作ってをります。その端をウロウロしてゐる内に、いつの間にか國民儀禮と行列に割込むやうな人は一人もゐません。

[illegible]の扱い方には牛乳の配給十二時よりと黒板に書いてあります。

次に床屋さんを見に参ります、白壁に擬寶珠をかぶせたやうな簡《かん》素《そ》で、一目でそれと判る建物へ這《は》入って行くと、背の高いガラス棚に並んであります中にはイチゴ水やオレンヂ、ジュースに似た色の整髪料が配置に慎重な考慮を払って並べてあります。特に必要品といふ譯では無いが、どうも、これが無いと床屋さんの格式にかゝはるといふ點、偉い人の髭のやうであります。

『當りませうか?』と床屋さんが寄って來ました。私は周章てゝ有難く辞退しました。ここでは恐らく決戦型ですから、習慣の恐しさでうっかり涼しい頭にされやしないかとの、恐怖からであります。蓄音機に目が附きます。四、五枚重ねてあるレコードを手に取ってみると、どれも軍歌でした。

勤務の間の一刻を、寝心地のいゝ椅子の上で、窓から流れる雲を眺めながら、耳は軍歌に聞きとれてある内にみるみる綺麗になつて行くのですから、ここもお客様の絶え間がないさうです。尚ほ、靴屋さんも、洋服屋さんもあります。お洗濯もお引受け致しますとのことです。

突如! 警戒警報が鳴り渡りました。サッと場内に緊張が漲ります。

小隊士さんは武器を守るべく駈け出して行かれます。鉢巻頭巾の女子挺身隊はバケツのリレーを開始しました。一糸亂れぬ防空陣の中を、私もまた、持場を守るべく九州飛行機を駈け出して行きました。(をはり)

実際痛快ですね。

太平洋戦争開戦翌日、九州日報（西日本新聞の前身）の1941年12月9日付紙面（115ページ写真）に掲載された女性の言葉。フィリピンのマニラで夫と製菓会社を経営していた女性＝当時50歳＝は、同年7月に福岡市に戻ってきていた。女性は日本軍のマニラ空襲を痛快がり、フィリピン側の軍備を詳細に語る。「軍港はいずれもたいしたものでなく、コレヒドール要塞《ようさい》だけが問題でしょうが、これとて精鋭な我《わ》が海空軍の前には木っ端みじんでしょう」。紙面は開戦を祝うムード一色。女性の記事の横には、福岡市の魚市場で働く人々が勝利を願って「カツオ」を掲げる写真が大きく載っていた。

安閑として内地にいるのは誠に申し訳ありません。

1941年12月18日付九州日報に〈私も白衣戦士の杖《つえ》に〉という記事が掲載された。看護師の女性＝当時22歳＝は福岡市内で勤務しながら「御国へ役立っているだろうか」と悩んでいたという。福岡国民職業指導所軍人係を訪れ「傷病兵のよき手となり足ともなって大和女性の誇りを発揮したい」と従軍を希望したことも記されている。女性は欠員募集中の部隊への赴任が決定。戦地の兄とともに「兄妹そろって大陸で働く日を心待ちしています」。太平洋戦争開戦10日後の紙面は、大戦果と戦意高揚をあおる記事で埋め尽くされている。

戦争に勝つための措置として承知していただきたい。

熊本地方専売局の福岡支局長の言葉。開戦直後の太平洋戦争の戦果に沸く1941年12月30日付の九州日報には、生活への影響もにじむ。翌年の元日に始まる塩の配給制を伝えた記事には、割当量が1人1カ月あたり200グラム。ただし、塩が多量に必要なみそや漬物の仕込み時期などは隣組単位で追加できるなどと記されている。配給の詳細を発表したのは熊本地方専売局。福岡支局長は「一列に並んだり混乱をきたして外敵に乗ぜられることは政府の趣旨に反する」と、市民の困窮が表面化することに神経をとがらせていた。

お父さんの勲《いさお》しをけがさぬよう、立派な日本国民となります。

福岡市春吉国民学校6年生の男児の言葉。１９４２年3月、戦死した全国の兵隊の遺児たちが靖国神社を参拝した。九州日報も、福岡県代表として上京した１６７人の様子を連日報じた。靖国で「神なる父」と対面した子どもたちについて「感激を次のように語るのだった」などと紹介し、悲愴《ひそう》感は全くない。大尉の父を失った男児＝当時13歳＝も取材にこう語っている。「私はお父さんに来年は中学に入れるようお願いし、〝お母さんや妹陽子も元気です、どうか私たちをお守りください〟とご報告しました」

戦死者の子どもだとちやほやされて
それに甘ったれていないか、
よく自分の胸に手を当てて考えてみろ。

　1942年3月、靖国神社を参拝した全国の兵士の遺児たち。九州日報は3月30日付の紙面で、遺児たちが陸軍高官とも面会したことを伝えた。軍司令官としてノモンハン事件にも臨んだ荻洲中将＝当時58歳＝は当時すでに〝勇将〟として名高く、この記事でも「荻洲部隊の名をとどろかした」と紹介され、遺児たちへの言葉が記されている。荻洲は福島、新潟などの遺児に「おまえたちのお父さんに代わり言いたいことがある」と語り掛けた。「立派な陛下の御盾になるまでおまえたちを見守っている」。

敵機の爆音の下で飛行機を作る
――なんと働きがいのあることでしょう。

教員を目指す専門学校に在学中、授業がない日を選んで航空機製作所に入所して働いたという福岡県鞍手郡の女性＝当時23歳。国家総動員法をもとにつくられた国民勤労動員署の署長に語った言葉として西日本新聞戦時版で紹介された。〈教壇に生かす働く歓《よろこ》び〉という見出しの記事で、女性は「(労働した）１か月の生活は生涯において最も忘れ得ない貴い経験」とも語っている。末尾には「下関要塞《ようさい》司令部検閲済」と記されている。紙面の日付は１９４４年８月15日。その１年後の紙面には無条件降伏の見出しが躍ることになる。

戦争は生活であり、生活が戦争である。

「結婚・恋愛・戦争は別ものでない／生活すべてが戦い」という見出しで、1944年12月30日付の西日本新聞戦時版に、東肥航空機会長、湯川茂雄さんの言葉が掲載された。冒頭の言葉は「恋愛も結婚も一切の人生生活の問題は、戦争という観点から採り上げられなければならない」と続く。工場勤めの女性を見初めた男性が求婚するも、断られたまま出征。その後、女性がその男性のことを好きになり、男性の両親に結婚を申し出て花婿不在のままで挙式したエピソードとともにつづられている。

作業中は仕事以外のことは絶対お話しません。

佐賀県の唐津高等女学校挺身隊、塚部テル子さんら6人組の言葉。旧日本軍の兵器工場「小倉陸軍造兵廠《しょう》」で年末年始返上で働く女子学生が誓い合った言葉は「お互いどんなことがあっても無欠勤を約束しましょう」と続く。「連続24時間乃至《ないし》36時間作業という驚異的記録を打ち立て（作業時間は）1カ月平均400時間以上」とする奮闘記が1944年12月31日付の西日本新聞戦時版に掲載された。記事の近くには、兵器工場で餅つきをする女子挺身隊のイラストが。当時、本紙の絵画部の長谷川町子さんの作品とみられる。

なんと言っても初期消火が大切です。

1945年6月19日深夜、多数の米軍機が福岡市を空襲した。同月21日付西日本新聞の〈初期消火に殊勲〉という見出しの記事に登場する町内会隣組長の男性＝当時49歳＝は、料理店街に数十発の焼夷《しょうい》弾が落ちたが住民を指揮して無事に救ったと紹介されている。男性は「やればできないことはありません。こんな狭い道路でもあの猛火を食い止めることができるのです」と語る。深刻化する物資不足の中、同日付紙面はわずか2ページ。あふれかえる空襲の記事は「不屈の闘魂」「まず敢闘と水」と強調するのみで多数の死傷者には触れていない。

警防団魂の権化ともいうべきその姿。

現在の北九州市を襲った1945年8月8日の八幡大空襲。同14日の西日本新聞紙面では「憤激」「復仇」などと戦意高揚をあおる言葉が並び、八幡署と警防団の消防活動を〈闘魂、火魔を征服〉の見出しで克明に紹介。約2500人が死傷したとされる被害状況は報じていない。退避を禁じ消火義務を課した「防空法」の施行下。一部の防空従事者が避難しようとしたが、巡査部長が激励して消火に従事させた。その様子を見ていた警防団長が尊敬の念を込めて語ったのが冒頭の言葉だ。15日の紙面にはポツダム宣言受諾の記事が載る。

ただ皆泣いて泣いて泣くだけです。

１９４５年8月16日付西日本新聞紙面では、「福第一七四一工場」工作課長の敗戦の無念が強くにじむ。記事では、戦時中は「○○工場」などと伏せられてきた工場名が明記された。航空機製作を担っていたとみられる一七四一工場。15日正午の玉音放送を聞き「ジュラルミンの部品のうえに泣き伏す女子学徒」や「ドリルやハンマーを手に呆然《ぼうぜん》佇《たたず》む工員」の様子が描かれている。工作課長は「例年なら盆休みの三日目ですが、きょうの一機に全力を集中して全員張り切っていた」とも語っている。紙面の隅には「光ありいばらの道　唇かんで生き抜こう」という記事もあった。

特攻機で乗り回していたことを思えばまだ楽ですよ。

敗戦した年、1945年12月29日付西日本新聞では、復員軍人の姿を追う特集があり、「元海軍特攻隊員の言葉が掲載された。復員軍人たちを「虚脱状態を各所に点綴《てんてい》（ちらばること）させている」と指摘し、再生へ踏み出した人々を紹介。男性＝当時28歳＝は北九州市の小倉炭鉱でほかの復員者数十人と「三千尺の地底」で採炭に当たっていた。記者の問いに「これから日本人はうんと頑張らねば平和日本は建設できません」と続けた。元陸軍准尉の男性＝当時35歳＝は「われわれはただ熱情をもって貫くよりほかにありません」と付け足した。

六、外地

戦争はいつ始まるか
分からんもんですよ。
真珠湾に参加した自分ですら、
数日前まで知らなかったのだから。

当時の世界最大級だった航空母艦「加賀」の乗組員として
真珠湾攻撃に参加した。

数日前に艦長から作戦を告げられ、
船内の雰囲気は一変したという。
1941年12月8日は午前0時に起床し、
重さ800キロの爆弾と魚雷を
汗だくになりながら数十機の航空機に装填《そうてん》した。
出撃から1時間ほどして爆撃成功が伝えられると、
艦内に歓喜の声が響いた。

「甲板に足が着かないほどの興奮だった」

（2014年取材、福岡市の長沼元さん　94歳）

連れて行く時も一枚の紙ならば、死の報《しら》せも一枚の紙でした。

15歳で結婚した中島キク子さんが夫英治さんと暮らしたのは約3年半。長男、次男をもうけた。

夫は1945年3月に出征し、
その日から食卓に写真を置き陰膳《かげぜん》を供えた。
生死不明のまま4年が過ぎ、
同じ部隊にいた人から、
中国・旧満州で終戦3日前に夜襲決行に出たまま帰らず、
戦死しただろうと告げられた。
58年7月、小さな白木の箱が届いた。
中にあったのは一枚の紙切れ。
「引き揚げが終わったから生死不明の人は戦死とする」
（2002年山形新聞取材、中島キク子さん　76歳）

向こうから弾《たま》さよけていく。1回だけじゃない。もうだめだと思ったことが8回くらいあった。

太平洋戦争の激戦地、
パラオのペリリュー島から生還した34人のうちの一人。
1万人を超す日本兵が戦死し

「99・999パーセント」の死を覚悟した。
生死を分けたものは何だったのか。
「運ですよ。弾がよけていくから全然無傷だった」。
慰霊のためにペリリュー島を14回訪問。
戦友たちの遺族や後世に凄惨《せいさん》な戦場を伝えるために、
生き延びさせられたと考えることもあるという。

（2017年取材、福岡県筑後市の土田喜代一さん 97歳）

こいつを聞く時は涙がこぼれた。「玉砕ス」

山形市の高橋良太郎さんは戦時、通信兵として満州にいた。大本営などからの命令は暗号化されていたが、前線の部隊が最後の突撃をする

「玉砕」
を司令部に報告する際は、
暗号化されていない電文「生文」だった。
モールス信号の電子音が意味する
「送信機、機材その他重要書類を焼却し、これより玉砕せんとす」を
5、6回は聴いた。
発信元は、はるか南方の島々で戦っている部隊。
電文を打っている兵士の
叫び声のように思えてならなかった。

（2015年山形新聞取材、高橋良太郎さん　89歳）

死後の処置しよったら、もう次が死ぬようになっちゅう。

看護婦としてビルマ（現ミャンマー）に赴き、敗戦間際には南部の都市モールメン（現モーラミャイン）で敗走する日本兵の手当てに奔走した。

戦地の衛生状況は極端に悪く、医薬品もない。
コレラや赤痢がまん延し、
同郷の看護師1人も命を落とした。
夜勤に就くと、患者の治療ではなく、
遺体の処置が朝まで続いた。
「もうそれは、つらかったよ」。
1937年の日中戦争開始から第2次世界大戦終結の45年まで、
日本赤十字社高知県支部からは
看護婦ら443人が従軍した。
（2014年高知新聞取材、高知市の西内清子さん　94歳）

食料がなくなった人間の極限状態はどうなるか分かりますか。

1945年、フィリピン・ネグロス島で、野戦病院の衛生伍長として従軍。食料は底を突き、米軍からの砲撃を避けるために山奥へと移動した。

ある朝、患者だった在留邦人の子どもが、
ももの付け根から両脚を切断されて死んでいた。
「恐らく食料にされたんでしょう。
逃亡兵か匪賊《ひぞく》か犯人は分かりません。
いずれにしても餓鬼道に落ちていたのです」
自身も一度、
ヤギ肉と思って人肉を食べてしまったことがある。
当番が爆撃で飛び散った肉片を集め、
皆だまされて食べたという。
（1994年高知新聞取材、高知県須崎市の里見高義さん　72歳）

とにかく、水。
水が一番恋しかったなあ。
歩いてばかりやったけん。

行軍で背負う荷物は、
銃剣、弾薬、食料、衣服などを合わせて約30キロ。
晴れても雨でも弾が飛んでも

「歩けと言われたら歩いた」。
中国大陸で歩いた距離は優に2千キロ。
仲間と会話する余裕などなく、のどはいつもカラカラ。
首に掛けた水筒はすぐ空になり、水を見つけるたびにくんだ。
ヒルが泳ぐ汚い水も飲んだ。
「嫌な思い出が詰まっとるけど、
一緒に歩いた仲間やけん捨てきらんと」。
取材の際、軍隊時代に支給された水筒を
大事に保管していた。

（2015年取材、福岡県筑紫野市の平山正士さん　93歳）

何しに行ったのか分からん。

航空機で米国を爆撃したい一心で海軍通信学校に進んだ。
卒業後の1943年、
日本から4千キロ以上離れた太平洋のマーシャル諸島に配属された。

日本軍は周辺海域での戦闘で航空戦力を失い、
島に到着した時点で爆撃機はなかった。
米軍の反攻作戦により孤立。
補給路を断たれた島で1年半、飢えに苦しんだ。
草や根、野ねずみを食べて命をつないだ。
島にいた日本兵約3千人のうち
6割が栄養失調で死亡。
米兵と戦うことは一度もなかった。

（2020年取材、福岡県太宰府市の国友繁人さん　94歳）

要するに、逃げてばっかりですよ。

「菊兵団」の通称をもつ、
福岡県久留米市で編成された陸軍第18師団で、
補充兵としてビルマ（現ミャンマー）での戦闘に参加。

どんな戦い方をしたのかを記者に問われ、
こう言い放った。
1945年2～3月、
ビルマ戦をほぼ決定づけたと言われるメイクテーラの戦いで、
機械化の進んだ英印軍に日本軍はじゅうりんされた。
日本軍の対戦車砲では敵の最新式戦車の装甲は貫通できず、
たちまち集中砲火を浴びて全滅したという。
厚生労働省によると、
ビルマでの日本人戦没者は13万7千人。

（2020年取材、福岡市の重松一さん　97歳）

「鉄砲玉に当たって楽に死にたい」
と考えていました。

1940年2月、
陸軍を志願して福岡の久留米にある第18師団に入隊。
門司港から出港し、

41年12月にマレー作戦でマレー半島コタバルに奇襲上陸したが、
胸部に砲撃の破片を受けて負傷した。
43年に帰郷療養の許可が下り沖縄に戻ると、
45年4月1日には米軍が沖縄本島に上陸した。
読谷村の自宅から見えた海は米軍の艦船で真っ黒だった。
日本軍の命令で家族と離れて南部へ移動することになり、
同郷の友人と行動を共にするが、
友人は米軍に機銃で腹を撃たれた。
その友人は
「自分はもう生きられない。どこで死んだか家族に伝えてほしい」
と言って拳銃で自殺した。

（2016年琉球新報取材、沖縄県読谷村の松田栄喜さん　94歳）

できればこの地にとどまり、知るべなき他国に走りたき思い。

南洋庁の技術職員として
サイパンに駐在していた大分県日田市の高瀬潔さんは
1944年、地上戦に巻き込まれた。

敵が迫り、命を落とす人々。
阿鼻叫喚の光景を目の当たりにしながら、
約70日間の避難の末、米軍に捕らえられた。
どん底から始まった抑留生活だったが、
45年に入ると環境は改善し、衣食住が保証された生活を送った。
この島で暮らし続けたい、そんな思いもよぎる中で
引き揚げ命令が下り、46年3月に故郷に戻った。
２０２０年夏、西日本新聞に寄せられた高瀬さんの手記には
当時の複雑な思いとともに、
「運命に従うほかなし」とつづられていた。

駅前の広場を埋め韓国旗

1955年8月15日、戦後10年で西日本新聞が募集した「読者の声」で特選に選ばれた作品から。

福岡県飯塚市の奥迫小百合さんは当時39歳。

終戦を迎え、沸き返る朝鮮半島の京城（現ソウル）の様子を描いた。
「北鮮を逃れ来し群れ日々繁《しげ》く」
「敗戦の苦悩を刻む貨車の顔」の句も掲載された。
半島からの引き揚げや夫の病など
苦労を重ねてきた10年。
俳句を書き付けてきた黒い小さなノートを読み返すと
「拙い句が過ぎし日の哀歓をそのままに物語っており、
十年の歳月がまざまざと目の前に浮かび、
無量の思いがいたします」

親に連れられて来ただけなのに、なぜ、惨めな思いに。

中国残留日本人の奥山イク子さん＝京都市＝は一家で山形から満州へ渡り、開拓団に入植。終戦間際、ソ連軍や中国人に襲撃され、奥山さんがいた開拓団は約4割が死亡。
難民収容所は発疹チフスが猛威を振るった。
12歳の奥山さんは中国人男性に預けられ
異国の地で置き去りに。
2度身売りされ「鬼子」とののしられた。
「満州で日本人が何をしたのか後から知った。
どう答えればよかったのか分からなかった」
（2015年京都新聞取材、奥山イク子さん　82歳）

尻の肉の厚さで仕事が決められた。

戦後最大の悲劇といわれるシベリア抑留を経験した。

氷点下15～20度の酷寒の中、数キロ先の原っぱまで歩き、凍土に鉄の棒を打ち込む重労働を強いられた。

食事は飯ごうのふたに入ったおかゆとパン一つ、
塩湯に油の浮いたスープだけ。
60キロあった体重は3カ月で15キロ減った。
空腹に耐えられず、毒キノコを食べて死んだ者もいた。
ソ連の軍医は抑留者の尻の肉をつまみ、
厚さや弾力で健康状態を分け、労働の内容を決めた。
厚生労働省によると
日本人約57万5千人がシベリアなどに抑留され、
約5万5千人が亡くなったとされる。

（2012年取材、長崎県島原市の元島和男さん　88歳）

「危ないぞー」と叫び、台湾人を目がけて石を転がした。

小学生の頃に暮らしていた日本統治下の台湾。川で砂金を取る貧しい住民を目がけて、級友と一緒に、高さ20メートルはある崖の上から人頭大の石を転がした。学校で「忠臣のかがみ」と習った南北朝時代の武将楠木正成が、城から大石を落として敵を蹴散らした戦いをまねた。台湾人たちがクモの子を散らすように慌てて逃げていくのが面白かった。「いくら子どもでも度が過ぎた。日本人相手だと絶対にできないいたずらだった」

（2017年取材、福岡市の83歳男性）

少将は「日本のばか！」と吐き捨てるように言った。

「地獄」といわれたビルマ（現ミャンマー）戦に補充兵として参加した。M４中戦車など機械化された英軍を前に、先祖代々の軍刀を背負っていた陸軍少将は「今の新しい戦闘にこんなものは何もならん」と嘆いた。補給もなく、山林を逃げ惑う日本兵は蛇やカタツムリを食べて飢えをしのいだ。薬もなく赤痢やコレラで命を落とした兵も多かった。対する英軍は飛行機で補給物資を投下。命懸けで横取りしてみると、食料だけでなく薬が入っていたことに驚いた。

（２０２０年取材、長崎県佐世保市の川口善四郎さん　97歳）

無性に荷物の整理をしたかった。虫の知らせだったのだろう。

戦時中、フィリピンで、死にゆく少尉が語った言葉という。ある夜、少尉がテントのろうそくの明かりで荷物の整理を始めた。眠りについた真夜中に砲弾の破片の直撃を受けた少尉は「いらんことをしなければ、死なずにすんだかもしれない」と小さな声でこぼした。「戦争は、勝ちも負けもない。悲惨さだけが残る」。男性は高等小学校を卒業した日、証書を受け取ったまま家に帰ることもなく従軍を強いられた。

（戦後70年に当たり、福岡県大刀洗町の84歳男性が西日本新聞に寄せた手紙から）

海にいる時間は長く、陸はただ遠かった。

軍に徴用された三井船舶の船員として、石油などの物資の海上輸送に関わった。多くの日本船が通るフィリピン―台湾間のバシー海峡には米潜水艦が待ち伏せ、「輸送船の墓場」と恐れられた。潜水艦を見つけるのは目だけが頼り。海軍の護衛もない民間の船には、発射された魚雷を避けるすべもなかった。「沈んでいく僚船を見て悔しくて涙が出た」。戦時に動員された船舶のうち、判明しているだけで約7200隻が戦没し、船員約6万人が亡くなったとされる。

（2012年取材、長崎県南島原市の神島守さん　85歳）

ある日、何人もの台湾人が一斉に消えていた。

1941年、日本統治下の台湾。ある朝、自宅を訪ねてきた警察官が、派出所への同行を父に命じた。この日、周辺では何人もの台湾人が姿を消していた。理由も行き先も不明。父は鉱山を経営する日本企業の下請けとして大陸出身の中国人を雇っており「中国のスパイだった」とうわさされた。台北の刑務所に収監された父が45年5月31日の「台北大空襲」で亡くなっていたことは後に知らされた。連行された真相は今も分からない。「日本人は敗戦すると何も話さず『ばいばい』と引き揚げた」。怒りがにじんでいた。

（2017年取材、台湾の游顕徳さん　83歳）

#「豪州一番乗り」を合言葉に、血気盛んに乗り込んだ。

1942年8月に海軍佐世保鎮守府で編成された「特別陸戦隊」の一員として、南太平洋ソロモン諸島のブーゲンビル島に上陸した。米兵との地上戦を覚悟していたが、待っていたのは戦闘機による一方的な爆撃だった。直前まで話していた戦友が瞬時に肉塊に変わり、手足がもげた戦友のうめき声が闇夜に響いた。煙が爆撃目標になるため遺体を茶毘《だび》に付すことはできなかった。穴を掘り、ただ投げ入れた。「悲しくはなかった。それが戦争だった」

（2012年取材、長崎市の梶原義治さん　95歳）

上等兵は自分の最後を意識した様で小さな声で「オッカシャン」と叫んだ。

１９４５年４月、ビルマで行われた戦闘中、そばを走っていた上等兵が砲弾に当たって倒れた。腸が露出していた。「しっかりせろ」と励ましたが、死ぬ間際に母の姿がよぎったのだろう。マラリアで入院したとき、ベッドが隣り合わせで世話になった戦友だった。「最後の骨さえ拾う事ができず、痛恨の極みであった」

（戦後70年に当たり、福岡県筑前町の92歳男性が西日本新聞に寄せた手紙から）

パク　カイカイ？

陸軍兵士として送り込まれたパプアニューギニアの言語「ピジン語」で、「ご飯を食べたか」という意味だという。現地の言葉は、集落に入り込んで会話を重ねて習得した。激しい戦闘が続いたニューギニア戦線は食料補給もなかった。赴いた旧日本兵の9割、約18万人が命を落とし、その多くは餓死。命を永らえたのは、覚えたピジン語で住民の信頼を得て、食べ物を分けてもらったからだった。「彼らのおかげで帰ってこられた。今でも忘れんのですよ、あそこの言葉は」

（2014年取材、福岡県古賀市の中村克巳さん　95歳）

土をかけてやることもできなかった。

鈴木又雄さんは、山形県の若者を中心に編成された「もや部隊」に配属された。フィリピン・ルソン島の宿営地に1945年4月5日の早朝、ごう音が響いた。塹壕《ざんごう》に身を潜め、必死に応戦した。交戦開始から12時間後に撤収命令が出た。別の拠点に移動するまでの間、何度も敵に見つかり、砲撃を受けた。同郷の仲間たちは次々と倒れ、収容することもできなかった。所属した中隊で生き残ったのは50人ほど。45年9月に敗戦を知った。

（2006年山形新聞取材、鈴木又雄さん　83歳）

隣で寝ている人が朝死んでいても、何か思う感情さえなくなっていった。

山形県朝日町の菅井安蔵さんは1945年、満州北部で敗戦を知った。所属していた部隊がソ連軍に降伏、捕虜となりアムール州南部の収容所に連行された。不十分な食事で、慢性的に空腹だった。製粉工場への荷物の搬入や発電所での石炭の運搬など休みなく働かされた。約300人がこの収容所に入れられたが、正確な数が分からないほどの多くの人たちが栄養失調で倒れ、菅井さん自身も肺炎を患った。48年春に突然、帰国が決まった。

（2012年山形新聞取材、菅井安蔵さん　88歳）

捨てられた民。

山形市の笹原キヌコさんは1941年、一家8人で中国黒竜江省に開拓団として渡った。帰国を目指した終戦後の逃避行は過酷を極めた。強盗に襲われ、道の両側に身ぐるみをはがされた遺体が並んだ。たどり着いた難民収容所でも苦難は続き、飢えと寒さで家族を次々と失った。生き残ったきょうだい3人も離散。笹原さんは八路軍に従軍し、中国人と結婚した。戦後35年でようやく帰国を果たしたが、日本語を忘れたために差別を受けた。そうした体験を振り返り、笹原さんは掲出の言葉を口にした。

（2007年山形新聞取材、笹原キヌコさん　74歳）

本当の満州を知った時、満州について書けなくなった。

童話作家のあまんきみこさん＝京都府長岡京市＝は旧満州で生まれ育った。家族に守られ、日本人に囲まれて過ごした幼少期に忌まわしい記憶はない。引き揚げ後、満州に関する本を読んだ。生地の撫順《ぶじゅん》は中国人大量虐殺の現場で、敗戦後は収容所で多くの日本人が犠牲になったと知る。作品で戦争を取り上げてきたが、満州の経験は多くを語ってこなかった。「知るほどにつらくなった。あまりに自分の体験と違った」

（２０１５年京都新聞取材、あまんきみこさん　83歳）

長い間、日本に虐げられたという思いがあったろう。

1944年秋、憲兵隊として満州国通化市に着任した。日本が無条件降伏した後、ソ連へ向かう捕虜列車から脱走。46年2月3日、元日本兵が中国共産党軍を相手に蜂起した「通化事件」に参加した。蜂起は失敗し、拘束され、拷問が行われた。右手は砕かれて不自由になり、右耳は完全に聞こえなくなった。朝鮮人通訳者が「日本の警察、憲兵、兵隊は朝鮮人・中国人をこのような拷問にかけ、弾圧を加えた。今や、われわれが日本人を弾圧する立場になった」と告げたという。

（2012年高知新聞取材、高知県黒潮町の西村幸男さん　88歳）

日本人が中国人に対してとった行為を思い出し不安でならなかった。

終戦時、中国・吉林省で戦う部隊に所属していた。1945年8月、ソ連軍が満州に侵入したとの情報が届き、戦車部隊に対する突撃隊が編成された。手りゅう弾と爆弾が渡され「全員死を決意し時の来るのを待った」。15日正午すぎに降伏の報を聞き「張りつめた気持《きもち》は一ペンに打ちのめされた。不敗を信じ今迄《まで》頑張って来たのは何の為であったのか」。一方で兵士たちの顔には「助かったと云《い》う安堵《あんど》の色」も浮かんだという。時間がたつにつれ、今後の不安もよぎった。

（戦後70年に当たり、佐賀県みやき町の93歳男性が西日本新聞に寄せた手記から）

壕に遺体を投げ込むだけの埋葬。弟を含め、遺骨を持ち帰ることはできなかった。

終戦直前の1945年8月8日、旧ソ連が日本との中立条約を一方的に破棄。翌9日未明から満州（現中国東北部）に攻め込んだ。ソ連兵は女性、子どもにも容赦なく銃口を向け、奥地に向かい歩くよう命じた。日本人の開拓村跡で困窮生活。乳児はみな衰弱していった。ある日、白い布に包まれた小さな箱が窓際に置かれた。弟の遺骨だった。その後、難民収容所に逃げ延びたが、栄養失調と発疹チフスで毎日多くの人が死んだ。46年2月に祖母、同3月に母を相次いで亡くした。

（2015年福井新聞取材、福井市の山田忠嘉さん　82歳）

どんな目に遭っても命より兵器。そんな時代じゃ。

太平洋戦争が開戦した１９４１年12月8日、所属する徳島の歩兵第１４３連隊はタイに侵攻した。上陸間際に猛攻を受けて左胸と左腕、左手首に被弾。大量に出血したものの、海中に落ちた大隊砲の車輪を回収しなければならず、その場から離れられなかった。味方が助けに来るまで海面に首だけ出して浮いていたという。バンコクの野戦病院で治療を受け、３カ月で隊に復帰。その後、物資が豊富な連合軍の攻撃は激しさを増し、「死の行軍」と呼ばれる退却劇を体験することになる。

（２０１４年徳島新聞取材、徳島市の中國義さん　94歳）

今思えば、軍にマインドコントロールされていた。

1944年8月5日、オーストラリア・シドニーの近くにあったカウラ捕虜収容所で日本兵が集団脱走した。当時、日本軍は「生きて虜囚の辱《はずかし》めを受けず」という陸相、東条英機が通達した戦陣訓をたたき込まれていた。平穏な収容所生活の中で「こんなことをしていては内地の人に申し訳ない」と千人が「死ぬため」の集団脱走を図った。島根県津和野町出身の浅田四郎さんも「ニューギニアで一度は死んだ身。ここで命を落とすのも、また人生だ」と即座に賛成した。結果、日本兵の死者231人と多数の負傷者を出す惨事となった。「戦陣訓は今でいうマインドコントロールのようなもの。カウラの悲劇を二度と繰り返してはならない」と、カウラ会会長として惨劇を若い世代に伝える活動に生涯をささげた。

（2000年山陰中央新報取材、浅田四郎さん　80歳）

後から思えば無理な戦いやった。戦争は二度とやってはいけない。ほんまに惨めやったで

山崎保さん（京都府南丹市）は１９４２年に徴兵され、中国河北省易県へ出征。八路軍（共産党軍）との戦闘で地雷を踏んで体が吹っ飛んだ。「ちょっとでも踏み方が違っていたら今ここにはいなかった」。炎が衣服に燃え移り、２カ月近く苦しみ、死を意識した。戦局が悪化する中、部隊は待ち伏せ攻撃を受け、50人以上の犠牲者を出した。偶然不在だったため、生き残る。河北省曲陽で終戦を迎え、飢えに苦しみながら線路沿いを歩き続けた。

46年2月に佐世保港へたどりつき、「引き揚げまでの3年3カ月、本当にひどい戦争だった」。

（２０１７年京都新聞取材、山崎保さん　95歳）

七、原爆

父は「うちは誰も死んどらんけん、人に言うたらだめよ」と言った。

1945年8月9日、爆心地から約800メートルの場所にあった自宅に職場から戻ると、家にいた父はそう言った。
爆心地周辺には電車の窓からぶら下がった半焼けの遺体や、
人の形をした黒焦げのものが転がっていた。
「家族全員が生き残ってしまったことを父は恥じたのだろう」。
被爆から約2週間後、
母と妹が亡くなり、
父も9月中旬に絶命した。

（2012年取材、長崎市の山田フジエさん　89歳）

けがせんごと、病気にならんごと、
そばに付いて注意深く見守った。
原爆がまた
子どもたちの命を奪わないように。

爆心地に近い長崎市の城山小学校では戦後、
被爆児と非被爆児を同じ人数にした「原爆学級」を編成した。

両者の体力や学力を比較しながら、
被爆児の体調の異変に早く気付くよう教師は目を凝らし続けた。
きっかけは原爆の後遺症による
児童の相次ぐ死だった。
受け持った3年生の男児は体調不良で入院。
「先生、天井に血のいっぱい付いとるよ」と
うわ言を言い、１９５１年に亡くなった。
原爆学級は52年度から６年間続いた。

（２０１３年取材、長崎県西海市の道口マチさん　96歳）

てるてる坊主を
少し大きくしたような
頭がい骨が一つだけ見つかった。
妹か、と取り上げようとした途端、
粉々に崩れ、風に吹き飛ばされた。

1945年8月9日。

旧制中学4年の時、長崎原爆の爆心地から1・4キロほど離れた軍需工場で被爆。

気付いたときは大村の海軍病院に収容されていた。

14日には医者の制止を振り切って長崎へ戻り、がれきから妹のものらしき遺骨を見つけた。

自宅のほぼ真上で原爆が爆発したと知ったのはずいぶん後のこと。

「こんなばかなことがあっていいのか。

こんな殺し方があっていいのか、と。

日本が負けたかなど、もうどうでもよかった」

（1995年取材、長崎市の内田伯さん　65歳）

僕は何もしとらん。

長崎電気軌道の学徒運転士だった和田耕一さんと田中久男さんは、
下宿先を行き来する仲だった。
原爆が投下された1945年8月9日、

朝から路面電車の事故が続発していた。
和田さんは乗務予定が変わり、
爆心地から離れた営業所にいて助かったが、
田中さんは爆心地近くで被爆した。
3日後、駆け付けた和田さんに、
やけどを負い、ボロボロの制服姿の田中さんは、
うわごとのように「何もしとらん」と繰り返し、
息絶えた。
人生でやり残したことがあるという無念か、
運転ミスはしていないと言いたかったのか。16歳だった。
（2018年取材、和田耕一さん 91歳）

やりたい放題。
実験で殺されたのではたまらない。
ばかにしやがって。

1945年8月8日、警戒警報なしに空襲警報が鳴り、
甲高い降下音、そして「ドーン」という爆裂音。
動員学徒として福井県敦賀市の東洋紡績敦賀工場にいた。

吹き飛ばされ、気を失った。
米軍爆撃機Ｂ29が投下した爆弾は、
長崎の原爆と重さ、形状が同じで
投下訓練用の「模擬原爆」。
工場に直撃し、33人の命が奪われた。
屋根は壊れて垂れ下がり、コンクリートの残骸だらけ。
たった一発のすさまじい威力に異様さも感じた。
戦争はどんな理由があっても、したらあかん。
被害を伝えることは仲間への供養にもなる。
（２０１５年福井新聞取材、福井県敦賀市の橋詰幸治郎さん　85歳）

この人鬼じゃない、人間だ。

生後8カ月の時、
爆心地から約1キロの広島市内の教会で被爆。
戦後、教会に通う年頃の女性は手がただれ、指がくっついていた。

幼心に「いつか私が仇《かたき》を取ると思った」。
牧師の父は終戦直後から米国を巡り、
広島の惨状を伝える活動を行った。
1955年に米国の番組に家族で出演し、
原爆を投下したB29の副操縦士と対面。
副操縦士は消えた広島を見て
「何という事をしてしまったのか」と飛行日誌に書いたと語り、
涙を流した。
「鬼だと思っていた人の涙を見て、
にらみつけていた自分が恥ずかしくなった」
（2017年取材、兵庫県三木市の近藤紘子さん　73歳）

一瞬で殺されたのかと妙に感心した。

長崎原爆投下翌日の1945年8月10日、爆心地近くの三菱兵器製作所大橋工場に救援に向かった。途中、止まっていた路面電車には、運転士がハンドルを握ったまま絶命し、乗客も席に座ったまま焼け死んでいた。一瞬で命を奪われたことが分かったという。顔も性別も分からなくなった人たちを鉄の棒で触り、反応がない人は死体処理班に、反応がある人は救護班に渡した。助からないと思った人には末期の水を飲ませた。

（2012年取材、佐賀県小城市の林田栄さん　86歳）

重いやけどで動けず、足を伸ばして座り込んでいる人でいっぱい。今も地下通路を通るたびに思い出す。

長崎に原爆が落ちた1945年8月9日。いつものように諫早駅で働いていると、遠くで火山の噴火のように真っ黒な煙が上がるのを見た。夕方になって、列車で次々に運ばれてくる負傷者に「十分な手当てもできず、ただ恐ろしかった」。当時の駅舎は、九州新幹線西九州（長崎）ルートの整備に伴い、解体された。戦争を思い起こす場所はどんどん少なくなっている。

（2016年取材、長崎県諫早市の元国鉄職員、中田昭三さん　87歳）

兄は全身に包帯を巻き、血みどろで鬼のような姿で帰ってきた。兄とは思えず、化け物だと押し入れでガタガタ震えていた。

長崎県・五島列島の奈留島で育ち、原爆が投下された1945年8月9日も島にいた。6歳違いの兄、朝雄さんは長崎師範学校で被爆。全身にやけどを負い、9月になって島に帰ってきた。傷口に湧いたうじ虫を、家族で1匹ずつ取った体験が忘れられないという。「兄の体験をどう表現したらいいのか」と考え、兄や犠牲者の思いを油絵で伝えようと決心。長崎原爆資料館に作品12点を寄贈した。

（2017年取材、長崎県長与町の友永基美子さん　81歳）

#「War is Hell!（戦争は地獄だ）」と何べんも心の中で繰り返した。

長崎に原爆が落ちた１９４５年8月9日の日記に記されていた言葉。米国留学後に鎮西学院の英語教師などを務め、当時は教頭だった。学院は爆心地から約５００メートル離れた長崎市竹の久保（現宝栄町）にあり、職員室で被爆。周囲は見渡す限り焼け野原になり、至る所から救いを求める声やうめき声が聞こえた。戦後は長崎県諫早市に移転した学院の再建に力を尽くした。50年、被爆による再生不良性貧血で亡くなった。

（２０１５年、鎮西学院第18代院長、千葉胤雄さんの伝記刊行を伝える西日本新聞記事より）

「あっちに行け！　朝鮮人。たたっ切るぞ」刀を抜いた日本人将校がすごい形相で叫びました。

長崎原爆の投下直後、防空壕《ごう》に逃げ込もうとした際の出来事だった。日韓併合から16年後の1926年に韓国・釜山近くの農村に生まれた。朝鮮語が廃止された学校で毎朝、皇居の方角に最敬礼をする「皇国少年」だった。38年、12歳のときに福岡・筑豊の炭鉱で働く親族に預けられる形で来日。45年4月、長崎で兵役検査を受け甲種合格。「やっと日本人として認められた」と入営を待つ中、被爆した。戦後、長崎県朝鮮人被爆者協議会を設立。在日コリアン唯一の語り部として活動した。

（2002年取材、長崎市の朴玟奎さん　75歳）

朝鮮人、被爆者という
二重の引け目があった。

日韓併合後、朝鮮半島から日本に移った両親の下、広島で育った。物心が付いたころから周囲に「朝鮮人」とさげすまれ、近所の男性に道端で小便をかけられたこともあった。創氏改名で得た「江川政二」で通し、朝鮮人ということは隠した。広島原爆で顔や首などに大やけどを負うと、今度は「うつるけー向こう行けや」と差別された。80歳を超えて証言活動を始めるまで「日本人に化けて生きてきた」。本名を名乗ったとき、不思議と胸のつかえが取れたという。

（2017年取材、広島市の李鐘根さん　87歳）

戦争は人類を破滅に導く無用の長物だ。二度とこのような出来事が起こってはならない。

1946年、占領軍長崎軍政部司令官、ビクター・デルノアさんは長崎に着任。直後に身元不明の原爆犠牲者の慰霊法要に参列し、1万人もの遺骨に被害の大きさを目の当たりにした。法要がきっかけで原爆に反感を持つようになったとみられ、48年には長崎平和祈念式典の第1回に当たる行事の開催を許可。米国軍人でありながら、戦争を痛烈に批判するメッセージを寄せた。

(2018年、関連資料が長崎原爆資料館に寄贈された際の企画展を伝える西日本新聞記事より)

「これないと貧しい人忘れます」とゼノさんは声を張り上げた。

長崎原爆に遭い、原爆孤児の救済に力を注いだ故ゼノ・ゼブロフスキーさんを振り返った言葉。終戦後、ポーランド人修道士の目に映ったのは原爆で親を失った孤児たちの悲惨な姿だった。生きるために盗みを働き、防空壕《ごう》で暮らす子ども…。長崎だけでなく、福岡や東京からも戦争孤児を連れ帰って面倒を見た。

（2012年取材、ゼノさんと親交があった長崎県諫早市、萩原栄三郎さん　76歳）

八、生活——戦後

祖母が、先祖伝来の日本刀に
打ち粉をかけながら
「敵が来たら刺し違えて死ぬのじゃ」
と言った。

北九州から四国に疎開中、川を泳いでいると
近所のおじさんが「戦争が終わったぞ」と触れ回っていた。

急ぎ帰宅すると祖母が日本刀を手にしていた。
「一家で自決するつもりだったと後で分かり、身の毛がよだった」
と振り返る。
当時小学2年生。
父は陸軍航空隊の戦闘機隊長で特攻隊指揮官も務め、
若い部下を死なせたことを悔い続けた。
代表作「宇宙戦艦ヤマト」の主題に据えた
「人は生きるために生まれてきた。
死ぬために生まれてきたのではない」も
父の口癖だった。

（2015年取材、漫画家の松本零士さん　77歳）

小田、お前も撃たれているぞ。

山形県東根市の小田英孝さんは
１９４３年、少年戦車兵学校に入り、
45年に戦車隊員として千島列島の占守島《しゅむしゅ》に上陸、終戦を迎えた。

同年8月18日、ソ連軍が侵攻し、
仲間とともに戦車で応戦した。
砲弾の補給の際、仲間が撃たれた。
傷口にガーゼを詰め込んで止血すると、
自らにも銃口が向けられていることに気付いた。
戦車に乗り込み、攻防は3日間続いた。
死闘から50年後、
政府の慰霊事業で島に降り立つと、
湿原に赤さびた戦車が横たわっていた。

(2018年山形新聞取材、小田英孝さん 90歳)

逃げるのに必死やったき、身軽になってほっとした。

1940年に結婚し、満州へ。
夫は軍属として朝鮮に行ったため、
1人で幼い3人の子どもを育てていた。

旧ソ連軍から逃れるために乗り込んだ貨物列車の中で終戦を迎えた。
三女を背負い、次女を抱き、長女の手を引いて、昼も夜も歩いた。
母乳が出なくなり、三女が弱って息絶えた。
3歳の次女は血を吐いて亡くなった。
長女も衰弱して息を引き取った。
「心の中、鬼みたいな気持ちやったねえ。悲しみを通り越して…」。
高知に戻って再会できた夫に、
返す言葉がなかったという。

（2015年高知新聞取材、高知市の鎌倉八代喜さん　93歳）

「みそ汁に毒を入れて全員自決しよう」と迫られた。

1945年春、福井県嶺南地域の女性69人が女子勤労奉仕隊として満州（現中国東北部）に渡り、広大な農場で耕作にいそしんだ。

半年もしない8月15日に敗戦を知らされ状況は一変、
苦難の日々が始まった。
女性ばかりの隊員は途方に暮れ、国民学校などに相談したところ
「敗戦国の国民として生きながらえることはできない」と
自決を迫られた。
また現地人から度々襲撃や略奪を受けるようになった。
他の開拓団と行動、混乱の中を生き延び、
46年10月に帰還。
途中で隊員は散り散りになり、
無事引き揚げたのは41人だった。

（2015年福井新聞が福井県敦賀市の篠原愛子さんを取材
篠原さんは同年91歳で死去）

「私が残ります」。一人、また一人と女性が手をあげて、皆の前に出た。

北朝鮮で暮らしていた13歳の夏に終戦を迎えた。
苦労を重ねて家族とたどり着いた
北緯38度線近く。

２００人近くの集団で検問所を通ろうとすると、
兵隊と交渉していた男性が
「女を３人出せと言っている」と説明した。
３人の女性が名乗り出た。
ざわめきもなく、皆は静まりかえっていたという。
「待ち受けるのは絶望でしかないと知っているはずだ」
「言葉にならない思いで胸が詰まった」と振り返る。
（戦後70年に当たり、福岡県太宰府市82歳女性が西日本新聞に寄せた手記から）

アメリカ兵が上陸して
乱暴するという噂《うわさ》が広まり、
急にこわくなった。

1955年8月15日の西日本新聞で、
10年前の「8・15」を語る企画に登場した
福岡市の平和台球場場内放送係だった24歳女性。

敗戦直後を振り返り、
「学校を卒業したばかりで意味がはっきりとわからず、そう深刻な気持ちにはならなかった」。
だが、夕方ごろになるとうわさが広がり、一気に不安が増したという。
同じ記事で、
市内の百貨店でエレベーター係をしていた当時23歳の女性は
「女、子供は山に隠れろということになり、ガタガタ震えた」
と話している。

孫におばあちゃんと呼ばれ、
仲間に元気だったと手を握られるとき、
ああ生きてきたんだと思う。

山形県上山市の鈴木ちゅんさんは
28歳で帀雄さんと結婚。
夫は1945年3月に出征した。

一緒に暮らしたのは約5カ月。長男を授かった。
厝雄さんは中国の旧満州で戦死、32歳だった。
復員を待ち続けたが、56年に戦死と知らされた。
両親も他界し、
会社に勤め、先輩の助けを借りて息子を育てた。
1999年、鈴木さんの手記を読んだ人が訪ねてきた。
どこの戦地かさえ分からなかった夫の最期を
その人から聞いた。
長男は結婚し、孫が生まれた。
（2002年山形新聞取材、鈴木ちゅんさん　86歳）

絶対、お骨箱は開けるな。罰当たっぞ。

山形市の大森アキさんの父原田利作さんは
フィリピンのルソン島で戦死した。
終戦から3年後、

小さな骨箱が届き、訃報に触れた。
箱を開けないよう母から言われたが、
父に会えると思い、兄と一緒に開けた。
中には名札とせんべい2枚が入っているだけだった。
きょうだいの秘密にした。
立派な墓はあるが、遺骨はない。
「父の魂はフィリピンにある気がする」。
幾度も現地を訪れ、
父が最期を迎えたと思われる場所で祈りをささげた。
（2015年山形新聞取材、大森アキさん　76歳）

恐る恐る細い線で縦に筆を入れたら、
先生に「もっと太く」と注意された。
子ども心に
「戦争に負けたんだ」と実感した。

1945年8月、国民学校5年生で終戦を迎えた。
文部省（当時）の指導で教科書が黒塗りされ、

先生に言われるまま
教科書の一部を墨で真っ黒に塗った。
終戦前は落書きも許されなかったが、
最初の1行以外
すべて塗りつぶしたページもあった。
仇討《あだ》ちで有名な赤穂浪士の物語が削除対象だったことを
覚えているという。

（1995年取材、福岡県筑前町の高山八郎さん　61歳）

この浜中の校庭が主戦場になっていたかもしれない。

中学1年生は軍事教練、食糧増産、軍隊の応援作業の毎日で授業の記憶はあまりない。
応援作業で「洞穴陣地」を作った。

陸軍の兵隊さんがやってきて、
羽賀山や須縄の山、発心寺の裏山に穴を掘り、
私たちが土を外へ運び出す仕事をした。
アメリカ軍は
日本列島が一番くびれた若狭湾と伊勢湾を結ぶラインで
日本を東西に分断する作戦らしい、ということだった。
若狭湾、特に小浜湾周辺の山の中腹に洞穴陣地を築き、
上陸してくるアメリカ軍を撃退する作戦だった。

（2015年、福井県小浜市の山口喜三郎さんが83歳の時に
小浜中で講演し、福井新聞が取材した）

終戦の次の日、先生は土下座で
今迄《まで》の教育のあり方が
完全に間違いだった、
許してくれと云《い》われた。

終戦時に小学6年生だった福岡市の男性が77歳の時、
周囲の同年配が他界する中で

書き残す気になったという手記から。
戦後70年に当たり、
すでに亡くなっていた男性の妻が西日本新聞に手記を寄せた。
「現代とのギャップをどう受け止めるか迷っている」
「アメリカとゆう言葉を耳にしたくないくらい
米国人がきらいである」。
当時の生活を振り返りながら、率直な心情もつづられていた。

群馬の田舎にも進駐軍が来た。するとと近所のお姉さんたちの化粧が濃くなってね。

日活ロマンポルノのほか、「博多っ子純情」「嗚呼!!花の応援団」などの娯楽作で知られる映画監督の曽根中生さん＝群馬県出身＝が終戦を迎えたのは7歳の時だった。
群馬・伊香保のホテルが進駐軍用の宿泊施設として接収され、
外国人が町に続々と入ってきた。
つい先日まで敵だった兵士が
子どもたちにチョコレートを配る。
生活のために彼らに群がる女性たちの姿も目に焼き付いている。
人間の強さ、そして弱さを見た。
映画監督としての原風景だという。

（２０１２年取材、大分県臼杵市の曽根中生さん　75歳）

大声で何か叫んだ記憶がある。
母さんだったか。
お父さんと叫んだ気もする。

作家の五木寛之さんは
朝鮮の旧平壌第一中学校1年生の時、終戦を迎えた。
12歳だった。

両親とも教員で、師範学校の舎宅で暮らしていた。
ソ連軍が侵攻してきた時、父は入浴中。
母は体調を崩し、寝込んでいた。
幼い弟と妹がどこにいたのかも記憶がない。
当時のことは、フラッシュ撮影のように
一瞬、鮮明になったり、消えたりする。
「長い間、忘れよう忘れよう、
記憶から消そうと、努めてきたことです」

（2014年取材、五木寛之さん　82歳）

「何か聴かせて」と中国人の少年兵から頼まれた。

大分県国東市の藤岡ミネさんは、バイオリンを戦前から弾いていた。満州に暮らし、終戦後は地元の楽団に属して各地を回った。ある日、バイオリンを目にした中国人の少年兵から演奏を請われた。

「荒城の月」を演奏し、手書きの楽譜を贈ると、少年は2日後、胡弓を手に現れ、2人で「荒城の月」を奏でた。

しばらく交流が続き、少年は人指さし指を口に当て「戦争は嫌ですね」とつぶやいた。

その後、ソ連兵が銃を突き付けてきた際、軍楽隊の証明書を見せると、銃を収めて去って行った。

1947年に引き揚げ船で帰国。

命を救ってくれたバイオリンを今も奏でる。

（2020年取材、藤岡ミネさん　103歳）

アーと産声を上げる
赤ちゃんもいたけど、
そうして置いておけば…ね。
あとは桜の木の下に埋めた。

旧満州などから引き揚げる途中で
暴行され妊娠した女性が中絶手術を受けた

「二日市保養所」（福岡県筑紫野市）で
１９４６〜47年、助産師を務めた。
妊娠４カ月までは胎児をかき出す掻爬《そうは》。
５カ月過ぎるとゴム棒で陣痛を起こさせ死産させた。
青い目や赤茶色の髪の胎児もいた。
直径30センチほどの膿盆《のうぼん》に置いておくと、
用務員が庭に埋葬した。
「彼女たちを身一つにして古里に帰してあげたい、
それだけでした。
赤ちゃんには本当にむごいことでしたけど」
（２０１４年取材、大分県杵築市の青坂寿子さん　90歳）

家が貧乏だという気持ちになったのも戦災のためと聞いています。

1945年8月15日生まれの人を紹介する戦後20年企画、65年8月15日の西日本新聞長崎県版「わたしたち〝終戦っ子〟」より、長崎県佐世保市の土井澄子さんの言葉。

防空壕《ごう》で生まれたと母に聞かされた。

中学2年の時に父を病気で亡くし、中学卒業後に就職。

夜間は「計理学校」に通う毎日。

「戦争ですか。もちろん自分の記憶じゃないからよくわからないけど、やはりイヤだという気持ちはあります」。

当時はベトナム戦争のさなか。

同じ記事で長崎外語大生の荒木悦美さんは
「テレビや新聞で見聞するとフッとこわい気がします。無意識のうちに戦争を否定しているのですね」と語った。

父は突然、気をつけ休めを繰り返して敬礼し、いすに座って炭坑節を腹の底から歌った。

太平洋戦争中、「死んでも帰れぬ」と言われた激戦地ニューギニア島から生還した父武次郎さんは亡くなる直前、昏睡《こんすい》状態から突然起き上がり、軍隊式の動作を繰り返した。

死が近いと聞かされ集まっていた家族は「戦友が迎えに来たと思った」。

武次郎さんは戦後、戦友を忘れないため軍服などを収集。資料館「鎮魂の館」を造りたいと話していたという。

同島の戦いで日本軍は補給を断たれ、ジャングルで飢えと病に苦しみ、約12万7千人が犠牲になったとされる。


（2020年取材、福岡県福津市の深田政武さん　67歳）

B29は、どんな鉛筆かと問われました。私は驚きました。

幼稚園児と交流したとき、鉛筆の話になった。
2Bなどの記号が示す意味を教えていると、
1人の子どもが思わぬ質問をしてきたという。

Ｂ29は日本本土の爆撃などに使われた米軍の大型爆撃機。

「思えばその親たちも戦争を知らないのです」。

その頃から、
戦争を後世に伝えなければならないと思うようになった。

「戦争は天災でも津波でもありません。

人智でしないで済むことだと思います」

（戦後70年に当たり、福岡市の片田喜久子さんが92歳の時に西日本新聞に寄せた手紙から）

いまは科学者が戦争を意識しなくなってしまった。

ノーベル物理学賞受賞者の益川敏英さんは、科学者の軍事研究への加担に反対し続ける。原点は幼少期の空襲体験。屋根を突き破った焼夷弾が目の前に。不発弾で助かったが、火の海となった名古屋の町を両親と逃げ回った。現在、防衛省や米軍に協力すれば潤沢な研究費が得られる。益川さんは軍学共同の再来を憂い、「我々科学者が戦争がどういうものか、注意を喚起していく必要がある」と訴える。

（2017年京都新聞取材、益川敏英さん　77歳）

11歳の8月8日までしか学校に行っとらんと。

開拓団として旧満州に渡ったが、1945年8月9日のソ連侵攻の後、家族とはぐれてしまい中国人に引き取られた。山中の貧しい家庭で重労働を強いられ、泣く暇もなかった。8年後、近所で偶然日本人に出会い、引き揚げ船の存在を知る。帰国後は慣れない日本語に苦労した。漢字の読み方を間違って同僚に笑われたことも。「子どものころは中国人として暮らしとったから。引け目を感じることはなかったよ。学校出とらんもん当たり前たいって、笑ってたな」

（2014年取材、福岡県篠栗町の久保田実さん　80歳）

大量の武器を持った米軍に竹やりで立ち向かおうとしていた。無謀ですよ。

連合国軍は1945年11月1日に鹿児島県の志布志湾、吹上浜、宮崎県の宮崎海岸の3方面から攻め込み、南九州地域を制圧する「オリンピック作戦」を企図していた。同年6月、旧制中学に通っていた田中さんは志布志湾沖合の島で陣地造りを手伝った。詳細は何も知らされず、当時は「攻めてきたら迎え撃つ」と覚悟していた。作戦実行前に日本は敗戦し、具体的に作戦のことを知ったのはここ数年のこと。作戦では化学兵器や原爆が使用される可能性もあり、恐ろしくなった。

（2020年10月、鹿児島県志布志市の田中保さん　89歳）

「まーちゃん、戦争が終わったよ」。
買い物から帰ってきた母が言った。
勝ったか、負けたかは分からなかった。

鹿児島県串木野町（現在のいちき串木野市）で過ごした少年時代にグラマンがたびたび襲来した。「パイロットの顔が見えそうなほど急降下する。でも不思議と攻撃はしてこなかった」。しかし8月9日は違った。長崎に原爆が落とされる約1時間前、グラマンから大量の焼夷弾が降ってきた。串木野は壊滅。母と妹と逃げた。それだけに終戦時には「もう怖がらなくていい」と安堵したという。医師を志し、故郷と同じ日に空襲を受けた長崎に進学した。病院には原爆症と思われる患者、路面電車に乗るとやけどを負った被爆者がいた。「そんな体験が影響したと思う」。医師になった後も被爆者支援などの活動を続けてきた。

（2021年取材、福岡市の武田正勝さん　85歳）

「先生、写真を撮って」。細い澄んだ声を ぼくは一生忘れることができないだろう。

1957年、初めて広島に入った写真家、土門拳（山形県出身）は、原爆が投下された街を取材した。翌年発表の写真集「ヒロシマ」には、白血病で亡くなった男の子の写真が複数枚、載っている。梶山健二君、享年12。5カ月の胎児で被爆した。原爆病院の病室で土門は「記念写真を撮りたい」とうそを言ったが、少年は目を離さない。「その目は、死という絶対の宿命を宿して、澄明鮮烈なきびしさ」で注がれた。撮影の2日後、少年は息を引き取った。

（2009年の山形新聞より）

ぼくの原点は戦争体験。迷った時はいつも敗戦に立ち戻った。

「わらびのこう　蕨野行」「伊豆の踊子」などを手掛けた映画監督の恩地日出夫さんは１９４５年９月から１年間、家族とともに高瀬村（現山形市）で暮らした。土蔵にランプが一つ。板張りの上にござを敷き、母は着物などと交換して食料を調達した。軍国主義が全てだったはずが、自由主義を賛美する大人たちの裏切り──。価値基準が崩された敗戦体験は、映画づくりの原点になったという。山形での生活が感性や感覚の面でその原点を支えた。

（２００８年山形新聞取材、恩地日出夫さん　75歳）

学徒はうつろなまなこで座り込み、遠慮なくゲートルを解きはじめた。

旧制中学2年生の1945年8月15日、学徒動員で福井空襲の焼け跡整理の仕事をしていた。上司から「本日正午、重大放送がある」と集合を伝えられた。ラジオの玉音放送は雑音の多い小さな音だったが「忍び難きを忍び…」。戦争が終わったと分かった。学徒動員の仲間は皆、「国のために命をささげること」を教えられていた。その学徒たちがうつろな目で座り込んだ。その日は「雲ひとつない青い空の暑い日だった」。

（2015年福井新聞に投稿、福井市の深草深英さん　84歳）

天地がひっくり返るような衝撃を受けた。

「鬼畜米英」「見敵必殺」と言い続けていた教師から戦後、「神風」「特攻」などの文字を墨塗りするよう指示された。天皇のために戦う「少国民」として教育を受けてきた身に、その変貌ぶりは衝撃だった。同時に、うその教育でどれだけの人が命を落としたのかと強い怒りを覚えた。戦意高揚を目的とした国策紙芝居などの資料を収集し、1990年に「少国民資料館」を自宅横に開設。だが、当時を知る世代の「懐かしい」「少国民って何やったっけ」の反応に失望し、2009年に一般公開を取りやめた。

（2013年、長崎市の高浪藤夫さん　80歳）

九、画家　野見山暁治

のみやま・ぎょうじ　1920年福岡県穂波村（現飯塚市）生まれ。43年東京美術学校を繰り上げ卒業し陸軍に入るが､肺疾患で福岡に戻る。戦後、戦没画学生の遺作を展示する「無言館」（長野県）の設立に携わった。2014年に文化勲章を受章。福岡県糸島市と東京練馬にアトリエがある。

私は日本に生まれた世界の市民。
どうして敵をつくったり、
殺し合ったりしないといけないのか。
そんなことはできない。
どうしても嫌です。

１９４３年、
東京美術学校を卒業した画家の野見山暁治さんは、
福岡の部隊に入隊することになった。
入営前日、親せきたちが集まった出征祝いの宴が開かれ、
「あいさつしろ」と促されて口から出た言葉。
「貴様、やめろ」と軍人が立ち上がった。
祖母や叔母は泣きだし、
「黙れ」と親父は怒鳴った。
でも、生きて帰ってこれるか分からない。
「今言わなかったら、言えないまま終わるかもしれない」

何でも自由に描いていい時代がやってきたが、別にうれしくはなかった。

満州に出征した野見山暁治さんだったが、
肺病を患いソ連との国境に近い病院に入院。
内地に戻された後は、福岡近郊の療養所に入った。

福岡大空襲は療養所の屋上から見た。
両親が住む街の空を真っ赤に染める無残極まりない光景に
「ただ、みほれていた」。
玉音放送を聞いたのも療養所。
「負けました」という言い方をしないので内容は分かりにくかった。
でも戦争が終わったことは伝わったという。
戦後、絵を描く際の制約はなくなった。
直後に福岡市の焼け跡をずいぶん描いた。
写生に気づき慌てて家の中に隠れた娘さんがいた。
彼女は顔全体に火傷があった。

（2008年取材、88歳）

戦争の世の中

かなり露骨に、それぞれの国や民族が、利権を奪いあう時代、ぼくにとって、この世とはその争いの準備室というか、楽屋みたいなものだった。

年老いた母が泌々《しみじみ》と述懐したことだが、幼いぼくが少しずつ成長してゆくのと並行して、国の軍事力が増してゆく。やがて国はこの子に軍服を着せて、戦場に引きずりだすだろう。日々、背丈が伸びてゆくのを見るのは辛かった。

あの頃の世の母親たちは、どういう思いで子供を育てていたのだろう。

華々しく弾丸が飛びかい、空から雨のように火花が降ってくるのが戦争だと思っていたが、この地上から、欲しい物が少しずつ消えてゆき、いつの間にか、じわりと着のみ着のまま、食べる物を捜して回る日々に追い込まれた。

軒下に干していたオーバーが盗まれる。食堂で雨傘をやられた。友人の家を訪ねても、脱いだ靴がいつの間にか玄関から消えている。みんな欲しい。みんな困る。そうして、人はそれぞれが自分の敵になってゆく。

近くに親しい友人がいて、ぼくは夜更けまでよく話し込んでいた。その夜もお互いにお腹のすいたまま喋っていたが、君はぼくのところに醤油があるか、見に来たんだろと言った。

そのときぼくは、どう言ったらいいか、悲しさ、いや、生きるよすがを失くしたような空しさ。今に至るも忘れられん。

信頼する友人、その人から出た疑いの言葉。戦争が怖いのは、誰も信頼できない孤独感だろう。

当時ぼくは美術学校の生徒で、池袋のはずれに立ち並んだ界隈。俗にいうアトリエ村に住んでいた。

みんな同じ絵描きだが、この戦争についての是か非、それぞれの主張は避けていた。国は周到に目を光らせて、戦争に反対の輩を見張っている。それでなくても、疑わしいと目星をつければ、すぐにでも連行する。

ぼくは友人と映画を見に行った帰り、大久保の交番で捕まった。学生の本分に反する、という。ひどい話だ。それどころか、美術学校を潰すという噂が学内から出はじめた。敵国の芸術家、ロダンやセザンヌがお手本というのは許せん、と彫刻科や油画科が槍玉にあがった。馬鹿げているが、首相も文部大臣も陸軍々人。とりつくシマがなかった。

こう書きつらねると、とても生きてはいられない呼吸困難の世の中のように思えるが、結構楽しいことも想い出されるので、うまい逃げ道を作って日々をやり過ごしていたのだろう。しかし、よく生きのびたものだとは思う。

美術学校を半年早く卒業させられて、兵隊。すぐにも凍てつくようなソ連領近くに連れてゆかれた。

行くてには敵国の丘が連なって、視野を塞いでいる。丘は絶壁のようにそそり立ち、その随所に穴ぼこが黒くえぐられて、銃が、その遙か下、ぼくたちの方を向いている。

軍隊というこの膨大な集団は、ラッパと号令によって動く。即座に従わないと置きざりにされるか体罰をくらう。時間的に常に追い立てられていると、もう体が反射的に隊の一員として動き出す。

あの飢えた思いや、人の目を盗むようにして生きていた昨日までの娑婆の、拠りどころのない日々を思えば、ある意味で楽かもしれんが、ぼくの神経は擦り減って、体が付いてゆけなくなった。

内地に帰され、それから一年か二年、戦争は惨めな終末を迎える。敗けた惨めさはともかく、どうしてあんなにも勝者に対して卑屈になるのか。〈一億総懺悔〉と、国はぼくたちに頭を下げさせた。

2021年夏、野見山暁治

全国の主な平和資料館

仙台市戦災復興記念館（改修のため2022年11月まで休館中）
〒980-0804 宮城県仙台市青葉区大町2-12-1
022-263-6931

埼玉ピースミュージアム（埼玉県平和資料館）
〒355-0065 埼玉県東松山市岩殿241-113
0493-35-4111

原爆の図　丸木美術館
〒355-0076 埼玉県東松山市下唐子1401
0493-22-3266

東京大空襲・戦災資料センター
〒136-0073 東京都江東区北砂1-5-4
03-5857-5631

靖國神社　遊就館
〒102-8246 東京都千代田区九段北3-1-1
03-3261-8326

昭和館
〒102-0074 東京都千代田区九段南1-6-1
03-3222-2577

平和祈念展示資料館
〒163-0233 東京都新宿区西新宿2-6-1 新宿住友ビル33階
03-5323-8709

かながわ平和祈念館
〒233-0007 神奈川県横浜市港南区大久保1-8-10
045-842-4243

川崎市平和館
〒211-0021 神奈川県川崎市中原区木月住吉町 33-1
044-433-0171

戦没画学生慰霊美術館　無言館
〒386-1213 長野県上田市古安曽字山王山 3462
0268-37-1650

ピースおおさか　（公益財団法人大阪国際平和センター）
〒540-0002 大阪市中央区大阪城 2-1
06-6947-7208

舞鶴引揚記念館
〒625-0133 京都府舞鶴市字平 1584 引揚記念公園内
0773-68-0836

姫路市平和資料館
〒670-0971 兵庫県姫路市西延末 475
079-291-2525

西宮市平和資料館
〒662-0944 兵庫県西宮市川添町 15-26 西宮市教育文化センター 1 階
0798-33-2086

大久野島毒ガス資料館
〒729-2311 広島県竹原市忠海町 5491
0846-26-3036

広島平和記念資料館
〒730-0811 広島県広島市中区中島町 1-2
082-241-4004

筑前町立大刀洗平和記念館
〒 838-0814 福岡県朝倉郡筑前町高田 2561-1
0946-23-1227

碓井平和祈念館
〒 820-0502 福岡県嘉麻市上臼井 767
0948-62-5720

浦頭引揚記念資料館
〒 859-3454 長崎県佐世保市針尾北町 824
0956-58-2561

長崎原爆資料館
〒 852-8117 長崎県長崎市平野町 7-8
095-844-1231

にしき　ひみつ基地ミュージアム
〒 868-0301 熊本県球磨郡錦町木上西 2-107
0966-28-8080

宇佐市平和資料館
〒 879-0455 大分県宇佐市大字閤 440-5
0978-33-1338

佐伯市平和祈念館やわらぎ
〒 876-0811 大分県佐伯市鶴谷町 3-3-12
0972-22-5700

万世特攻平和祈念館
〒 897-1123 鹿児島県南さつま市加世田高橋 1955-3
0993-52-3979

知覧特攻平和会館
〒 897-0302 鹿児島県南九州市知覧町郡 17881
0993-83-2525

ひめゆり平和祈念資料館
〒 901-0344 沖縄県糸満市伊原 671-1
098-997-2100

沖縄県平和祈念資料館
〒 901-0333 沖縄県糸満市字摩文仁 614-1
098-997-3844

対馬丸記念館
〒 900-0031 沖縄県那覇市若狭 1-25-37
098-941-3515

八重山平和祈念館
〒 907-0014 沖縄県石垣市新栄町 79-3
0980-88-6161

装画　野見山暁治

カバーデザイン　松元博孝

取材　西日本新聞（中原興平、久知邦、金沢皓介、福間慎一、坂本信博、四宮淳平、森井徹、高田佳典、中原岳、下崎千加、内門博、玉置采也加、萱島佐和子、茅島陽子、楢木健郎、デスク塚崎謙太郎）

編集　小川祥平

本文デザイン　末崎光裕

協力　岩手日報、山形新聞、福井新聞、京都新聞、山陰中央新報、徳島新聞、高知新聞、琉球新報

地べたの戦争
記者に託された体験者の言葉

2021年8月11日 初版第一刷発行

著者
「言葉を刻む」取材班

発行者
柴田建哉

発行所
西日本新聞社
〒810-8721 福岡市中央区天神1-4-1
電話 092-711-5523（ビジネス編集部）
FAX 092-711-8120
http://www.nnp-books.com

印刷
シナノパブリッシングプレス

ISBN978-4-8167-0994-4 C0036
2021 , Printed in Japan